Karin Kuretschka · David läßt grüßen

KARIN KURETSCHKA

David läßt grüßen

Zehn Kurzkrimis

Edition Anker

Edition Anker – Kurzgeschichten

Die Deutsche Bibliothek – CIP-Einheitsaufnahme

Kuretschka, Karin:
David läßt grüßen : zehn Kurzkrimis / Karin Kuretschka. –
Stuttgart : Ed. Anker im Christlichen Verl.-Haus, 1995
(Edition Anker : Kurzgeschichten)
ISBN 3-7675-5001-6

Umschlaggestaltung: Init, Büro für Gestaltung, Bielefeld
Gesamtherstellung: Druckhaus West GmbH, Stuttgart
ISBN 3-7675-5001-6

5 4 3 2 1

Inhalt

Püppi

»Oh, Schatz, ich danke dir!«

Voller Freude nahm sie die langstieligen, dunkelroten Rosen entgegen und schnupperte daran: »Wie herrlich die riechen! Lieb von dir, daß du an unseren Hochzeitstag denkst!«

Ilona trat einen Schritt näher auf Manni zu, stellte sich auf die Zehenspitzen und drückte ihm einen zärtlichen Kuß auf die Wange.

»Ich konnte ja wohl schwerlich unseren zehnjährigen Hochzeitstag vergessen«, knurrte er, trat vor den großen antiken Silberspiegel im Flur und wischte sich mit einem Taschentuch die Spuren ihres rötlich-braunen Lippenstifts von der Wange.

»Seit einem halben Jahr hast du mich ja mehrmals täglich daran erinnert.«

»Gib's zu, du hättest ihn vergessen, wenn ich unseren wichtigsten Tag nicht so oft erwähnt hätte«, entgegnete Ilona lachend, legte die Rosen auf den runden Glastisch in der Eßecke, ging zur Vitrine der Nobelmarke Behr und holte die Vase aus echtem Meißner Porzellan heraus.

»Aber Püppi, was denkst du denn von mir! Ich bin der netteste und aufmerksamste Ehemann, den sich eine Frau nur wünschen kann. Übrigens, hast du alles für heute abend?« fragte Manni, ehe er breit grinsend in sein Arbeitszimmer verschwand, um sich den Akten zu widmen, die er gestern aus seiner Kanzlei mitgenommen hatte.

»Was denkst du eigentlich?«, antwortete sie fröhlich, lief in die Küche, drehte den Wasserhahn auf, füllte die Vase und genehmigte sich dann einen Schluck Klaren aus der halbvollen Flasche. Danach stellte sie die Blumenvase mitsamt den zehn Rosen auf die Fensterbank, gab der Siamkatze ihr Futter, nahm sich Bleistift und Zettel, die immer neben dem Telefon lagen, und huschte in die Küche zurück. Sie mußte sich einen Plan machen, damit am Abend auch alles klappte. Sie hatte nämlich Kathi und Robert eingeladen.

Kathi war damals eine ihrer Trauzeuginnen gewesen. Die zweite – Agnes – hatte es vorgezogen, vor einem Jahr die Welt zu verlassen. Nein, nicht freiwillig! Altershalber!

»Arme Agnes, ich hätte dich wirklich heute abend gern dabei gehabt, das kannst du mir glauben«, flüsterte Ilona, wieder einen kräftigen Schluck aus der Flasche nehmend.

Anschließend begann sie fein säuberlich zu schreiben: Erstens – Tisch decken und dekorieren. Zweitens . . . Sie warf einen flüchtigen Blick auf ihre Rolex: »Meine Güte, schon halb elf! Das schaffe ich nie!« murmelte sie leise vor sich hin und trank noch einen Schluck. So gestärkt unterstrich sie das Wort zweitens: Joghurtsoße anrühren, Salate waschen!

Drittens . . . Schwungvoll setzte sie einen Doppelpunkt dahinter und ließ diesmal etwas mehr von der scharfen Flüssigkeit durch ihre Kehle rinnen. Drittens: Das Fleisch braten, Kartoffeln schälen!

Dann brauche ich nur noch die Soße zu machen, und schon bin ich fertig.

Fertig? Ich muß noch staubsaugen, dachte sie, sprang vom Küchenhocker auf, ließ dabei den Bleistift fallen, hob ihn auf und fühlte sich plötzlich total überfordert! Pünktlich um 18.30 Uhr würden Kathi und Robert auf der Matte stehen. Ob sie absagen sollte? Kathi war nicht der Typ, der wegen einer Lappalie gleich sauer wurde, ihr womöglich die Freundschaft kündigte.

Gegen eins saß sie immer noch auf dem Küchenschemel, die leere Flasche hielt sie in der Hand. Voller Wut dachte sie an den kommenden Abend. Sollte Manni doch zusehen, wie er das Essen hinkriegte. Waren es seine oder ihre Freunde? Na schön, sie hatte sie eingeladen! Aber mußte sie deshalb gleich ein ganzes Menü auffahren?

Kathi hatte ja gesagt, daß sie sich keine Mühe machen sollte.

»Na schön, dann mach' ich mir eben keine Mühe«, brummte sie, warf die leere Flasche in den Mülleimer, ging zum Barfach, holte sich einen Kognac, ließ warmes Wasser in die Spüle laufen und begann die Salate zu waschen.

Manfred kam in die Küche: »Na, klappt alles?«

»Du könntest mir ruhig ein bißchen helfen! Das Fleisch muß gewürzt und in die Bratröhre geschoben werden. Die Joghurtsoße für die Salate könntest du auch anrühren. Und die Shrimps für die Vorspeise befinden sich noch in der Dose. Mach sie auf und rühr in der Zwischenzeit die Majo an.«

»Sonst noch was?« fragte er, und sie merkte nicht, daß seine Stimme sarkastisch klang.

»Von mir aus kannst du auch den Tisch decken und die Kartoffeln schälen.«

Manfred sah Ilona forschend an. Hatte sie etwa wieder getrunken? Er blickte sie an: Ihre Bewegungen waren fahrig, ihr Blick schweifte ziemlich unkontrolliert an ihm vorbei, ihre Hände fuhren hektisch durch die Salatblätter.

»Mußtest du wieder so viel trinken?« fragte er scharf. »Meine Güte, Püppi, deine ewige Sauferei bringt mich noch an den Rand des Wahnsinns! Hast du vergessen, daß Kathi und Robert kommen?«

»Hast du vergessen, daß Kathi und Robert kommen?« äffte sie ihn nach, griff sich aus dem Hängeschrank eine Schüssel und knallte sie auf die Arbeitsplatte. »Kathi, um die geht es dir doch! Gib's endlich zu, daß du in sie verliebt bist! Robert ist doch nur schmückendes Beiwerk! Ohne ihn würde sie sowieso nicht kommen, deine Kathi!« schrie

Ilona unbeherrscht, rannte aus der Küche, warf sich im Schlafzimmer auf's Bett und schlief augenblicklich ein.

Gegen fünf Uhr fuhr sie hoch, tappte barfuß ins Wohnzimmer, schnappte sich den mobilen Teil des Telefons und schlich sich damit ins Schlafzimmer zurück. Sie war fest entschlossen abzusagen. Doch es war zu spät! Kathis ältester Sohn meldete sich und erklärte ihr lang und breit, daß seine Eltern vor ungefähr einer viertel Stunde weggefahren seien, weil sie noch einen Abstecher zur Oma machen wollten.

»Sie können unbesorgt sein, Mama und Papa werden rechtzeitig bei Ihnen eintreffen!« sagte Florian höflich.

»Mist«, schrie sie und feuerte den Hörer durch die offenstehende Balkontür. Er landete im Balkonkasten mit den Zwergkiefern. »Auch gut!« Zornig warf sie sich wieder auf ihr Bett und pennte weiter.

»Wach auf, sie sind da!«

»Wer?« fragte Ilona schlaftrunken und versuchte ihren Kopf zu heben. Ein stechender Kopfschmerz an der rechten Seite zwang sie auf's Kissen zurück.

»Kathi und Robert! Du hast sie doch zu unserem zehnten Hochzeitstag eingeladen. Also mach kein Theater, Püppi, und steh auf!«

»Ich kann nicht aufstehen«, jammerte sie und hielt sich mit beiden Händen den Kopf.

»Du mußt«, sagte er, blickte sie wütend an, zog ihr die Bettdecke weg, griff ihre Beine und zerrte sie aus dem Bett.

»Du bist gemein«, schimpfte sie.

»Bin ich nicht! Guck, ich habe dir eine starke Tasse Kaffee gemacht. Trink das!« befahl er streng, packte sie wie ein Karnickel am Genick und zwang sie so, einen Schluck zu nehmen.

Während die heiße Flüssigkeit durch ihre Kehle rann, hörte sie die Klingel.

»Zieh dir was Anständiges an«, zischte Manni, dann drückte er auf den automatischen Türöffner.

Ein Blick bei der Begrüßung genügte und Manni war klar, daß Kathi wußte, daß Ilona total zu war. O nein, das konnte ja ein lustiger Abend werden!

Und es wurde einer!

»Manni, bring uns was zu trinken! Schätzchen, mach Musik! Manni, sieh mal nach, ob das Essen fertig ist! Stell den Ton lauter! Räume bitte den Tisch ab! Füll die Gläser nach! Leg eine andere Platte auf! Nein, was für eine blöde Musik! Ich will Tina Turner hören! Nein, nicht das Lied! Dies gefällt mir nicht! Such Windows raus!«

»Windows ist ein Computerprogramm, kein Lied.«

»Doch!«

»Nein!«

Manni mußte sich mächtig zusammenreißen, um nicht ausfällig zu werden. Am liebsten hätte er sie gründlich durchgeschüttelt. Das Gespräch mit Kathi und Robert schleppte sich nur mühsam dahin. Eine wirklich anregende Unterhaltung war nicht möglich, denn wenn Ilona nicht gerade mal wieder in der Küche verschwand, um sich einen Schluck zu genehmigen, tyrannisierte sie ihn mit ihren sich in Sekundenschnelle verändernden Musikwünschen oder sagte unvermittelt: »Das interessiert mich nicht!«

Gegen elf verabschiedeten sich Kathi und Robert: »Wir müssen Flori vom Kino abholen. Zur Zeit haben wir nur das eine Auto!«

Manni wußte, daß dies bloß eine fadenscheinige Ausrede war. Am Tag der Trauung waren sie bis weit nach Mitternacht geblieben. Aber damals hatte Ilona auch noch nicht so hemmungslos getrunken.

Er brachte sie vor die Haustür und atmete erleichtert auf, als sie sagten, daß er sie nicht unbedingt zu ihrem Wagen bringen müsse. »Der steht in der übernächsten Seitenstraße«, meinte Kathi, steckte ihre Hände in die Taschen ihrer Jeans und tat, als würde sie frieren. Dabei war es überhaupt nicht kalt.

Manni schätzte, daß die Nachttemperatur noch mindestens 26 Grad betrug. Es war einer der heißesten Julitage gewesen.

Sie lassen mir mein Gesicht, dachte er. Gleichzeitig ärgerte er sich darüber, daß sie Ilonas hemmungslose Trinkerei mit keinem Wort erwähnt hatten. Selbst vorhin nicht, wo sie unter sich gewesen waren.

»Du hast dich total daneben benommen!« schrie er sie entnervt an, nachdem er wieder in der Wohnung war.

»Haben sie es dir gesagt?«

»Natürlich nicht! Dazu sind sie viel zu anständig!«

»Also, weshalb regst du dich auf?«

»Weil du heimlich in der Küche gesoffen hast und dauernd jeden Satz wie 'ne kaputte Schallplatte wiederholt hast. Alles ein dutzendmal. Mensch, war mir das peinlich!«

»Ah, das war dir peinlich? Moment mal, ich zeig dir gleich, was dir peinlich werden kann«, brüllte Ilona außer sich, raste wie von Sinnen in die Küche, schnappte sich das größte Messer, das sie in der Schublade finden konnte, und ging damit wutentbrannt auf Manni los. Sie wollte ihn verletzen, egal wo, Hauptsache, es würde ihm weh tun!

»Na los, komm schon, Püppi«, lachte er, »stich zu, dann hat alles ein Ende! Du wirst Witwe und mein Mädchen wird die lachende Erbin sein!«

»Du Schwein!«, brüllte sie unbeherrscht. Seit Monaten hatte sie bereits befürchtet, daß er seine Tochter aus erster Ehe als Haupterbin in seinem Testament eingesetzt hatte. Nun war ihre Befürchtung zur Gewißheit geworden. Zornbebend taumelte sie auf ihn zu. Hämisch grinsend packte er ihr Handgelenk und bog es mit einem brutalen Ruck zur Seite.

Sie schrie vor Schmerz auf.

Er lachte verächtlich.

Plötzlich schoß ein dicker Blutstrahl aus ihrem Oberschenkel. Sie hatte sich mit dem scharfen Messer selbst verletzt und sank aufschreiend zu Boden.

»Mach keinen Quatsch, Püppi!« flüsterte Manni und schaute betroffen auf ihre leichte, weiße Sommerhose, die sich auf der linken Seite rasch blutrot färbte.

»Blut, Blut«, schrie sie hysterisch und ließ fassungslos das Messer fallen.

»Ruhig, nur ruhig!« Er kniete sich neben ihr nieder, riß mit einem kräftigen Ruck den dünnen Stoff auseinander und sah sofort, daß die Hauptschlagader durchtrennt war.

»Du hast einen Volltreffer gelandet«, raunte er mit heiserer Stimme, zerrte ein Küchenhandtuch vom Haken und legte ihr einen Druckverband an.

»Drück ganz fest drauf! Ich rufe den Notarzt an«, sagte er, stand auf und eilte zum Telefon ins Wohnzimmer.

Die Basisstation befand sich wie immer auf der Konsole, doch das Mobilteil fehlte.

»Wo zum Kuckuck ist . . .« schrie er aufgeregt und hetzte durch die Wohnung. Während er das Bett durchwühlte, Schubladen aufzog, Schranktüren öffnete, auf den Teppichen herumkroch – das blöde Ding konnte ja versehentlich irgendwo hinuntergefallen sein –, dachte er an die vergangenen Jahre. An jedem einzelnen Tag hatte er bereut, sich wegen Ilona von Babsy getrennt zu haben. Jede Sekunde mit Püppi war die Hölle!

Total erschöpft setzte er sich auf den Balkon, blickte in den wolkenlosen, sternenklaren Himmel und fragte sich, ob es noch andere bewohnte Planeten in der Milchstraße gab. Falls ja, wie würden dort die intelligenten Lebewesen aussehen? Eines stand für ihn allerdings hundertprozentig fest: Kleine grüne Männchen – wie im letzten Jahrhundert von einigen Science Fiction-Autoren beschrieben – bevölkerten mit Sicherheit keinen jener fernen Sterne. Aber vielleicht lebten dort Lebewesen friedlich zusammen? Ohne Kriege, Krankheiten und Drogen? Welch wundervolle Welten warteten nur darauf, entdeckt zu werden? Was für himmlische Geschichten würden seine kommenden Enkel später ihren Nachkommen erzählen können?

Manfred vergaß Zeit und Raum. Märchenhafte Gestalten schlichen sich in seine Gedanken, die Erzählungen seiner Großmutter – vergrabenen Schatztruhen aus fernen Kindertagen nicht unähnlich – beflügelten seine Fantasie. Irgendwann ließ er die letzten zehn Jahre seines Lebens einfach in eines der schwarzen Löcher fallen, die auch den winzigsten Lichtstrahl verschluckten und ihm nie wieder seine Leuchtkraft zurückgaben . . .

Das Morgenrot kroch schon behäbig über die nahen bewaldeten Hügel, als er von seinem Ausflug ins Universum zurückkehrte. Eher zufällig als beabsichtigt entdeckte er plötzlich das Mobilteil des Telefons zwischen den Zwergkiefern.

»Ich hab's gefunden«, murmelte er und wählte spontan die Notrufnummer.

»Bewahren Sie Ruhe, der Notarzt wird gleich bei Ihnen sein«, sagte der Mann am anderen Ende der Leitung, nachdem er Püppis Unfall geschildert, Name und Adresse durchgegeben hatte. Manfred nickte, vergaß dabei völlig, daß sein Gesprächspartner dies nicht sehen konnte, ging gemächlich ins Wohnzimmer, stellte den Hörer auf die Basisstation und betrat danach die Küche, um nachzusehen, wie es Püppi ging.

Sie lag still und bleich in einer riesigen Blutlache. Erleichtert atmete Manni auf! Seine Probleme hatten sich in

Nichts aufgelöst. Nie wieder würde Püppi auch nur einen Schluck Alkohol trinken.

Der Notarzt warf einen kurzen Blick auf die Tote und wußte, daß er vergeblich gekommen war. »Tut mir leid«, sagte er, deutete auf das lange Messer, das neben der Leiche lag, und fügte hinzu: »Sieht so aus, als ob dies ein Fall für die Kripo ist. Wo steht das Telefon?«

Wortlos führte Manni ihn ins Wohnzimmer und zeigte auf den Apparat.

Wenig später betraten Kommissar Charly Bärwald, sein Assistent Glopper und die Leute von der Spurensicherung die Wohnung.

»Sieht ja schlimm aus«, entfuhr es Glopper.

»Wo können wir ungestört sprechen?« fragte Bärwald, während er mit seinem geschulten Kriminalistenblick die ganze Situation erfaßte.

»Kommen Sie mit in mein Arbeitszimmer«, antwortete Manni und ging mit hängenden Schultern voraus. Jetzt, nachdem die ganze Wohnung voller Menschen war, wurde ihm so langsam die ganze Tragweite des Geschehens bewußt.

»Es war ein Unfall«, murmelte er, sich auf seinen Schreibtischstuhl setzend.

»So, so, ein Unfall«, brummte der Kommissar, »weshalb haben Sie dann nicht gleich den Notarzt verständigt?«

»Das Mobilteil war verschwunden, ich mußte es doch erst suchen«, verteidigte sich Manfred.

»Ah, Sie mußten es erst suchen.« Spöttisch blickte ihn Glopper an und fuhr kalt fort: »Haben Sie nie daran gedacht, unten bei Ihren Mitbewohnern oder bei den Nachbarn zu klingeln? Oder sind Sie der einzige Telefonbesitzer in der ganzen Straße?«

»Mitbewohner? Nachbarn?« Verblüfft sah Manfred die beiden an. Nein, auf die Idee war er nicht gekommen. Dann versuchte er ihnen zu erklären, was er in all den Jahren mit Püppi durchmachen mußte.

Charly und Glopper hörten schweigend zu.

»Es war der größte Fehler meines Lebens, mich von Babsy scheiden zu lassen, um Ilona zu heiraten. Jetzt weiß ich, daß der Spruch ›Es kommt nie was Besseres nach‹ stimmt!« Manfred seufzte und blickte den Kommissar verständnissuchend an.

»Wir sind fertig«, rief einer der Männer von der Spurensicherung durch den Flur. Manfred hob seinen Kopf und sah, wie der graue Transportsarg aus der Küche getragen wurde.

»In Ordnung!« entgegnete Bärwald, wandte sich wieder Manfred zu und sagte: »Sie müssen mit auf's Präsidium, Ihre Aussage muß protokolliert werden. Nehmen Sie auch vorsichtshalber Ihre Zahnbürste mit. Wir müssen Sie dem Haftrichter vorführen.«

»Was?« Fassungslos starrte Manfred den Kommissar an.

»Unterlassene Hilfeleistung ist nach unserer Rechtsprechung auch eine Straftat. Außerdem haben wir zum Tathergang bloß Ihre Aussage. Ob sie zutrifft, werden unsere Fachleute beweisen.«

»Sie trifft zu«, sagte Manfred empört, »Gott ist mein Zeuge!«

»Na, dann ist ja alles bestens!« erwiderte Bärwald und sah ungerührt zu, wie Manfred wenig später abgeführt wurde.

»Glauben Sie, daß der Mann an Gott glaubt?« fragte Glopper seinen Chef unterwegs zweifelnd.

»Ganz bestimmt nicht!« antwortete Charly spontan, überlegte kurz und schüttelte dann nachdrücklich den Kopf: »Nein, Ehebruch und Mord – selbst wenn es nur eine unterlassene Hilfeleistung war, ist es letztendlich doch ein sauberer Mord gewesen –, nein, so etwas bringt ein Mensch, der weiß, daß er einmal vor Gott Rechenschaft über sein Leben abgeben muß, nicht so leicht fertig.«

»Na klar, ist irgendwie verständlich. Doch was ist mit der vielbeschworenen Vergebung?« fragte Glopper und lenkte den Wagen langsam auf den Parkplatz des Präsidiums.

»Wenn er's ehrlich meint . . .«

». . . findet selbst ein Mörder noch Gnade«, vollendete Glopper den Satz, und seine Stimme klang ein bißchen sarkastisch.

»So ist es«, bestätigte Charly Bärwald, den zynischen Unterton seines Kollegen völlig ignorierend, und stieg aus dem Wagen.

»Ziemlich unbefriedigend, was? Stellen Sie sich bloß mal vor: Da verletzt ein Mensch zum Beispiel lebenslang sämtliche Gebote, vom ersten bis zum zehnten, am Ende seines Lebens bereut er alle seine Taten – und alles ist in Butter!« Bärwald sah es seinem Assistenten an, daß ihm die Vorstellung von einem gnädigen, alles verzeihenden Gott nicht behagte.

»Da ist doch jeder, der von klein auf glaubt, die Gebote hält und ein ehrliches, anständiges, von mir aus auch gottgefälliges Leben führt, total angeschmiert«, brummte Glopper und schloß den Daimler ab.

»Nein, mit Sicherheit nicht! Erstens weiß ja kein Mensch, wann seine letzte Stunde schlägt. Manchen schlägt sie so plötzlich, daß sie gar keine Zeit mehr haben, um Vergebung zu bitten.

Und zweitens: Wollten Sie ein Leben wie Manfred Neustädter führen? Meines Erachtens hatte er die letzten zehn Jahre die Hölle auf Erden! Versetzen Sie sich einmal in seine Lage: Er kommt nach Hause, und seine Frau torkelt ihm entgegen. Freunde, ich meine richtige Freunde, hat er offensichtlich nicht, denn dazu müßte er in der Lage sein, sich mit ihnen zu treffen, tiefschürfende Gespräche zu führen, Anteil an ihren Freuden und Sorgen zu nehmen, gemeinsam Probleme zu erörtern, kurzum, sich und ihnen die Chance zu geben, offen und ehrlich miteinander umzugehen. Das konnte er jedoch nicht, denn ihm stand seine zweite Frau mit ihrer Trinkerei im Wege. Und sie? Sie war ebenfalls nicht glücklich mit ihm, sonst hätte sie ja nicht getrunken.«

»Klingt logisch, was Sie sagen«, antwortete Glopper und nahm sich vor, über Gnade und Vergebung gründlicher nachzudenken.

Der Einbrecher

Hermann Walker lebte in einem alten, ausgedienten Bauwagen, in dem er es sich so einigermaßen wohnlich eingerichtet hatte. »Ein Bett, ein Tisch, einen Stuhl, einen Kleiderhaken«, pflegte er des öfteren in Selbstgesprächen zu sich zu sagen, »und einen Ofen – was braucht der Mensch mehr?« Und mehr war wirklich nicht in dem Bauwagen unterzubringen. Seine Behausung stand am Rande einer großen Mülldeponie.

Seinen Lebensunterhalt verdiente er sich mit dem Verkauf gebrauchter Gegenstände, die er auf der Müllhalde fand. Es waren ausnahmslos nützliche und gut erhaltene Dinge, die er zu dem Gebrauchtwarenhändler in die fünf Kilometer entfernt liegende Kleinstadt brachte.

Eines besonders staubigen Tages entdeckte Hermann Walker in den schier endlosen Weiten der Mülldeponie einen anderen Menschen. »Willst wohl in Zukunft das Geschäft ohne mich machen?« fragte er mißtrauisch und sah zu Harry hoch.

»Nein, ich suche dich!« antwortete dieser und kletterte mühsam durch Staub, Dreck und Müll zu ihm hinunter.

»Was willst du denn von mir?« fragte Hermann verwundert.

»Ich habe Arbeit für dich« sagte Harry und wischte sich mit dem Handrücken den Schweiß von der Stirn.

»Arbeit? Echt?«

»Wenn ich's dir sage! Noch dazu leichte Arbeit! Willst du?«

»Und was springt für mich dabei raus?«

»Jede Menge Kohle. Ehrlich!«

»Und was muß ich dafür tun?« fragte Hermann, nahm

seine Mütze ab und kratzte sich nachdenklich am Kopf.

»Nicht viel, nur einen Safe öffnen, einige Scheinchen und Papiere rausholen . . .«

»Das ist doch Diebstahl, oder? Nee du, darauf bin ich nicht spezialisiert. Das ist eine Nummer zu groß für mich, glaub mir's!«

»Quatsch! Der Safe befindet sich im Schlafzimmer meiner Schwiegermutter, hinter einem Bild, und öffnen kannst du ihn auch ohne Schwierigkeiten, ich habe die Kombinationszahlen«, sagte Harry so sicher, daß bei Hermann auch die letzten Zweifel beseitigt wurden.

»Warum machst du es eigentlich nicht selber?«

»Naja, verstehst du, wer beklaut denn schon gerne seine eigene Schwiergermutter?«

»In Ordnung, das ist ein Argument«, sagte Hermann gutmütig.

Am übernächsten Tag stieg Hermann in das Haus von Harrys Schwiegermutter ein. Ohne große Schwierigkeiten gelangte er durch ein offenstehenden Kellerfenster in das Schlafzimmer. Neben ihrem Bett, wie von Harry anhand einer Skizze beschrieben, sah er das Bild, hinter dem sich der Safe befinden sollte. Die Kombinationszahl hatte er auswendig gelernt.

Doch was war das? Gegenüber, genau gegenüber dem Bild, hinter dem der Safe verborgen war, hing ein Kreuz an der Wand.

So ein Mist! Davon hatte Harry ihm nichts gesagt! »Das ist unfair!« murmelte Hermann und überlegte, was nun zu tun sei. ›Ich könnte es für eine Weile abhängen‹, dachte er, nahm das Kreuz ab und legte es behutsam mit dem Gesicht nach unten auf die Kommode.

Er wollte sich gerade wieder dem Safe widmen, da sah er im diffusen Licht der Straßenlaterne im Spiegel der Kommode den Schein eines ewigen Lichtes unter einer Ikone schimmern.

»Das darf doch nicht wahr sein«, schimpfte Hermann, »so viel Heiligkeit in einem einzigen Schlafzimmer!«

Er ging zur Ikone, nahm sie ab, legte sie mit der Vorderansicht nach unten auf den Fußboden, blies das ewige Licht aus und eilte zum Safe zurück.

Nach einigen Umdrehungen hatte er ihn geknackt. Langsam öffnete er die schwere Tür und – erblickte zuerst eine zusammengerollte Leinwand. Er rollte sie auseinander und schaute auf ein Ölgemälde: Madonna mit Kind.

Das war für Hermann zuviel. Er rollte die Leinwand wieder zusammen, schloß den Tresor, hängte Kreuz und Ikone an ihre Plätze zurück, zündete das ewige Licht wieder an und floh – ohne irgendwelche Spuren zu hinterlassen – vor solch einem geballten heiligen Schutz.

Drei Wochen später schenkte Harrys Schwiegermutter ihm und seiner Frau völlig unerwartet 10.000 Mark und die Aktien, die Hermann für ihn hätte klauen sollen. Da war Harry natürlich sehr froh, daß sein Coup wegen Hermann mißlungen war.

Ohne eine Erklärung abzugeben, zahlte Harry Hermann, als dieser wieder einmal mit seinem Leiterwagen voll relativ wertloser Gegenstände zu ihm kam, einen recht ansehnlichen Betrag aus. Auf dessen erstaunte Frage antwortete er nur undeutlich etwas von unheiligen Heiligen.

Wo ist dein Bruder?

Ungeduldig blickte Wolfgang Schmidtbauer immer wieder auf seine Armbanduhr. In ungefähr zehn Minuten würde er hier vorbeikommen, hoch zu Roß, wie seit Jahren jeden Morgen.

»Doch heute wird es das letzte Mal sein«, dachte er grimmig und überprüfte zum hundertsten Mal das Blitzlicht seiner Kamera. Die Batterie war voll geladen, der Auslöseknopf ließ sich leicht betätigen.

»Alles in Ordnung«, murmelte er vor sich hin und schaute sich prüfend um. Kein Mensch war weit und breit zu sehen. Still war's im Wald, nur ein paar Vögel zwitscherten.

Er hielt sich hinter dem Stamm einer dicken Eiche verborgen. Was er vorhatte, war genial und teuflisch zugleich. Lange hatte er gebraucht, um diese Idee zu entwickeln. Nun endlich würde er seinen Plan in die Tat umsetzen können. Jahrelang, nein eigentlich waren es Jahrzehnte, hatte er auf diesen Moment gewartet. Was spielten da jetzt noch zehn Minuten für eine Rolle?

Dennoch, er wollte es hinter sich bringen.

»Das Pferd muß durchgegangen sein«, vermutete Hauptwachtmeister Hubert Meierling und führte Kommissar Bärwald zu dem grauen Transportsarg. Auf seinen Wink hin schob einer der Beamten den Deckel ein wenig zur Seite.

»Sieht ja übel zugerichtet aus«, stellte Charly Bärwald erschrocken fest und winkte nun seinerseits seinen Assistenten Glopper näher heran. Obwohl er schon über 25 Jahre den Beruf eines Kriminalkommissars ausübte, konnte er sich nicht an den Anblick toter Menschen gewöhnen.

Immer wieder war es ihm, als habe er eine leblose Hülle vor sich, eine Hülle, aus der das Leben entflohen ist, und daß der Verstand, die Seele, alles, was den Menschen ausgemacht hat, längst an einem anderen Ort weile.

Wäre Charly nicht praktizierender Christ, so wäre er auch – wie der eine oder andere seiner Kollegen – zum Zyniker geworden. Doch sein Wissen um das Weiterleben nach dem Tode und um die Barmherzigkeit Gottes ließ ihn vieles leichter ertragen.

»Wahrscheinlich ist er mit einem Fuß im Steigbügel hängengeblieben, das Pferd hat ihn mitgeschleift«, sagte Glopper und wandte sich von dem Toten ab.

»Die Schleifspuren sind unübersehbar«, pflichtete ihm Müller Zwo bei.

»Haben Sie bereits feststellen können, wo genau die Schleifspuren begannen?« fragte Bärwald.

»Muß eine ziemliche Strecke gewesen sein, so wie der ausschaut«, antwortete Meierling.

»Ist es einer der Feriengäste vom Gestüt? Soviel ich in der kurzen Zeit in Erfahrung bringen konnte, hat der Besitzer erst vor wenigen Wochen ein neues Gästehaus eröffnet, weil das alte viel zu klein geworden ist«, sagte Bärwald und war froh, daß er sich während der Fahrt vom Präsidium hinaus zum Gestüt über den Sprechfunk ein bißchen informiert hatte.

»Nein, es ist keiner der Feriengäste. Es ist der Besitzer! Ralf Schmidtbauer heißt er und er ritt – meinen spärlichen Recherchen zufolge – auf seinem Hengst Cäsar aus«, erklärte Hauptwachtmeister Meierling dem Kommissar.

»Jeden Tag?«

»Das kann ich Ihnen nicht sagen. Aber fragen Sie doch den Tierpfleger. Er steht dort neben Müller Zwo.«

»Hat er den Toten gefunden?«

»Nein, einer der Feriengäste war's. Aber der Tierpfleger,

Max heißt er, hat uns angerufen, weil der Hengst ohne seinen Reiter zum Gestüt zurückkam«, entgegnete Meierling.

»Seltsam«, murmelte Bärwald vor sich hin, »normalerweise ruft doch kein Mensch gleich die Polizei, bloß weil ein Pferd ohne Reiter zurückkommt.«

Meierling erklärte: »Herr Schmidtbauer war ein ausgezeichneter Reiter. Er hat mehrere Preise gewonnen und viele Auszeichnungen bekommen. Vor vier Jahren wurde er sogar für die Olympischen Spiele vorgeschlagen. Er lehnte ab.«

»Sonderbar. Ich dachte bisher, daß die Teilnahme an den Olympischen Spielen doch der Traum eines jeden Reiters ist. Ist Ihnen irgendeine stichhaltige Begründung bekannt?«

Hauptwachtmeister Meierling zuckte resignierend mit den Schultern: »Fragen Sie am besten Max!«

Kommissar Bärwald ging zu dem jungen Mann hinüber, der neben Müller Zwo stand und heftig gestikulierend ausrief: » . . . ich kann es mir einfach nicht anders erklären! Ralf ist ein irre guter Reiter!«

»Wären Sie so freundlich, mir einige Auskünfte zu geben?« unterbrach Bärwald das Gespräch, stellte sich vor, zeigte seine Polizeimarke und fragte: »Weshalb hat Herr Schmidtbauer nicht an den Olympischen Spielen vor vier Jahren teilgenommen?«

»Ganz einfach, er wäre zu lange vom Gestüt fort gewesen! Das wollte er nicht, zumal einige Stuten Fohlen bekommen hatten. Die Überwachung ihrer Aufzucht übernahm er gerne selber«, erwiderte der Tierpfleger. Kommissar Bärwald merkte sofort, daß der junge Mann sehr mitteilsam war.

»War Herr Schmidtbauer verheiratet?«

»Nein, verlobt. Schmidtbauers Eltern leben bei ihm . . .«

»Ähm, Sie wollen sagen, daß er noch bei seinen Eltern lebte?« wollte Bärwald richtigstellen.

»Nein! Das Gestüt gehörte ihm! Er hatte es von der Schwester seines Vaters geerbt. Vor fünf oder sechs Jahren. So genau weiß ich das nicht. Ich bin ja erst seit einem Jahr bei ihm.«

»Gut, und was wissen Sie sonst noch über ihn oder seine Familie?«

»Nur, daß er einen Bruder hat. Wolfgang heißt er. Aber der wohnt nicht auf dem Gestüt. Er hat einen eigenen Bauernhof, dort drüben, hinter dem Wald.« Max zeigte über die hochstehenden Gräser der kleinen Waldwiese.

»Chef, Hauptwachtmeister Meierling läßt fragen, ob Sie mit ihm die Strecke der Schleifspur bis zu ihrem Beginn ablaufen möchten«, fragte Glopper.

»Natürlich! Sagen Sie ihm, ich komme gleich«, antwortete Bärwald seinem Assistenten. Dann wandte er sich wieder dem Tierpfleger Max zu: »Möchten Sie mitkommen?«

»Muß ich?«

Bärwald schüttelte seinen Kopf: »Nein, Sie müssen nicht! Dennoch würde ich mich freuen, wenn Sie uns begleiten würden. Sie kennen sich doch bestimmt gut aus, oder?«

»Na klar! Die Gegend hier kenne ich super. Ich laufe ja fast täglich durch den Wald. Jogging, Sie verstehen?«

Bärwald nickte verständnisvoll. Dann machten sie sich zu dritt auf den Weg. Glopper und Müller Zwo blieben zurück. Sie sicherten gemeinsam den Fundort, halfen den Männern der Spurensicherung und würden auch den Abtransport des Toten überwachen.

»Einen Waldspaziergang hab' ich mir immer romantischer vorgestellt«, brummte Kommissar Bärwald, neben Hauptwachtmeister Meierling gehend.

»Tja, versuchen Sie es doch am kommenden Sonntag nochmal«, lachte Hubert Meierling.

»Cäsar muß sich ja mächtig erschrocken haben«, sagte Max und blieb immer wieder an niedergetrampeltem Gestrüpp kopfschüttelnd stehen.

»Sie kennen den Hengst?« fragte Charly Bärwald und blieb vor einem umgeknickten jungen Baumstamm stehen.

»Klar kenne ich Cäsar! Und die anderen Hengste, Stuten und Fohlen kenne ich auch. Ich habe ja schließlich jeden Tag mit ihnen zu tun! Miste ihre Boxen aus, füttere sie, striegle sie, pflege ihre Hufen. Cäsar ist ein Vollblutaraber, der beste Zuchthengst, den ich kenne! Der rastet nicht so schnell aus! Ich schätze, daß irgend etwas Ungewöhnliches passiert ist. Gewitter scheidet aus! Vor Blitzen hat er zwar Furcht, aber . . .«

»Vor Blitzen hat er Furcht?« fragte Bärwald erstaunt.

»Fürchten sich denn nicht alle Tiere vor Feuer und Blitzen?«

»Nein, die Stute Nofretete zum Beispiel hat überhaupt keine Angst vor Blitzen. Nur der Donner macht sie leicht nervös. Da wird sie in ihrer Box unruhig, und neulich hätte sie beinahe ihr Hengstfohlen Brutus . . .«, wollte Max fortfahren.

»Bleiben wir bei Cäsar«, unterbrach Charly seinen Redeschwall recht rigoros, »er hat also Angst vor Blitzen?«

»Und wie! Der würde kilometerweit rennen, um ihnen zu entkommen«, versicherte Max.

»Kilometerweit«, seufzte Hauptwachmeister Meierling, »die laufen wir jetzt ab!«

»Irgend etwas muß ihn erschreckt haben«, antwortete Max.

»Könnte es ein Blitz gewesen sein?« fragte Charly Bärwald, und Hauptwachtmeister Meierling sah ihm an, daß er sich so seine Gedanken machte.

»Ein Blitz? Heute morgen war kein Gewitter«, entgegnete Max.

»Gut, also kein Gewitter! Wovor fürchtet sich Cäsar sonst noch?« fragte Bärwald.

»Sonst nur noch vor dem Tierarzt«, grinste Max. Dann berichtete er ausführlich vom letzten Besuch des Tierarztes, der wegen der Geburt eines Fohlens gerufen wurde und die Geburt beinahe verpaßt hätte, weil Cäsar so überaus unruhig in seiner Box herumpolterte.

Kommissar Bärwald hörte ihm nicht mehr aufmerksam zu.

›Blitze, vor Blitzen fürchtete sich der Hengst! Blitze könnten das Pferd durchgehen lassen. Doch an diesem Morgen hatte es kein Gewitter gegeben! Kein Gewitter! Aber Blitze können auch künstlich erzeugt werden! Mit Kameras zum Beispiel‹, dachte Charly und hätte beinahe den erstaunten Ausruf von Hauptwachtmeister Meierling überhört.

»Da, da, sehen Sie doch! Hier hören die Schleifspuren auf!«

Bärwald sah sich um. Eine alte Eiche stand wenige Meter vom Weg entfernt. In ungefähr gleicher Höhe entdeckte er auf dem sandigen Waldweg tiefe Hufspuren.

»Sieht so aus, als ob wir gefunden haben, was wir suchten! Lassen Sie die Spuren sichern«, sagte er zu Meierling. Er untersuchte den weichen Waldboden rund um die Eiche.

»Hm, hm, dachte ich mir's doch! Jemand muß erst hier rumgelaufen und dann stehengeblieben sein. Den tieferen Fußabdrücken nach zu schließen, muß dieser Jemand in die Hocke gegangen sein«, sagte Bärwald.

»Wissen Sie, wer dieser ›Jemand‹ ist?« fragte Meierling und blickte den Kommissar neugierig an.

»Nein, genau weiß ich's nicht. Aber ich habe so meine

Vermutung. Gehen wir zurück«, meinte Charly Bärwald.

Eine halbe Stunde später trafen Sie wieder am Fundort des Verunglückten ein. Glopper und Müller Zwo saßen im Auto, die Leute von der Spurensicherung hatten längst ihre Arbeit beendet, warteten aber ebenfalls in ihrem Auto.

»Lassen Sie bitte Gipsabdrücke von der Stelle unter der Eiche nehmen«, bat Kommissar Bärwald Hauptwachtmeister Meierling, ehe er sich von Glopper ins Präsidium fahren ließ.

Dort angekommen, mußte seine Sekretärin, Frau Bergmann, die Telefonnummer vom Bruder des Verunglückten heraussuchen. Danach gab er Anweisung, keine Telefonate durchzustellen. Er wollte sich den ganzen Fall einmal gründlich durch den Kopf gehen lassen.

Knapp eine Stunde später beauftragte er seine Sekretärin, den Bruder des Verunglückten in sein Büro zu bitten.

»Wann?« fragte sie.

»Möglichst sofort!«

»Chef, haben Sie vergessen, daß ich heute zum Zahnarzt muß? Um viertel vor vier habe ich meinen Termin.«

»Natürlich hab' ich das vergessen! Kann mich doch nicht um jeden Ihrer privaten Termine kümmern«, brummte Bärwald. »Halten Sie es mir zugute, daß ich nicht daran gedacht habe, Sie zu diesem Verhör zu bitten!«

»Dann kann ich also trotzdem zum Zahnarzt gehen?«

»Gehen Sie, gehen Sie! Aber vorher sagen Sie noch Glopper Bescheid! Ich brauche ihn.«

»Danke!« entgegnete Frau Bergmann und lächelte ihm erleichtert zu.

»Keine Ursache! Lassen Sie sich aber vorsorglich eine schmerzstillende Spritze geben, falls er bohren muß! Soweit ich mich an meinen letzten Besuch beim Zahnarzt erinnern kann . . .«

Charly hielt inne und dachte angestrengt nach. Wann war eigentlich sein letzter Zahnarztbesuch? Der mußte schon ein paar Jährchen her sein.

» . . . Ja?« fragte Frau Bergmann gespannt.

»Vergessen Sie's! Gehen Sie und sagen Sie ihm nicht«, Charly blinzelte ihr verschwörerisch zu, »daß ich eigentlich keine Zeit hatte, ihm einen Besuch abzustatten.«

»Sie können sich auf mich verlassen, Chef, ich werd' ihn nicht an Sie erinnern.« Nach einem Moment des Überlegens fragte sie: »Wie heißt Ihr Zahnarzt eigentlich?«

»Hab' ich echt vergessen«, gab Bärwald zu und grinste breit.

»Alles in Ordnung, Chef!«, meinte Frau Bergmann und zwinkerte ihm verständnisvoll zu.

Eine halbe Stunde nach seiner Unterhaltung mit Frau Bergmann klopfte es an seine Tür.

»Herein«, rief Bärwald.

Die Tür öffnete sich und herein kam ein Mann in den dreißiger Jahren.

»Sie haben mich bestellt? Warum? Was ist denn los?«

»Sind Sie Herr Schmidtbauer? Wolfgang Schmidtbauer?« fragte Kommissar Bärwald und lud seinen Gast mit einer unzweideutigen Geste zum Sitzen ein. Zufrieden registrierte er, daß sich Wolfgang Schmidtbauer widerspruchslos setzte.

Nachdem auch Glopper anwesend war, fragte er: »Sie wissen, weshalb ich Sie hergebeten habe?«

»Logo, hängt wahrscheinlich mit meinem Bruder zusammen. Ich habe mitgekriegt, daß er tot ist. Sein Pferd muß gescheut und ihn mitgeschleift haben. Eine ziemlich üble Geschichte! Meine Eltern sind fassungslos! Wie konnte das passieren?« fragte Wolfgang Schmidtbauer und schaute den Kommissar lauernd an.

»Jemand hat das Pferd erschreckt«, erwiderte Bärwald sachlich.

»Jemand?«

»Jemand, der ihn nicht mochte? Der auf ihn neidisch war? Der ihm seinen Erfolg mißgönnte?« antwortete Bärwald und schaute den Bruder vom Gestütsbesitzer fragend an.

»Mein Bruder hatte doch das Glück für sich gepachtet! Alles flog ihm zu! Von klein auf war er der Liebling meiner Eltern, das Sonnenscheinchen unserer Tante Marie-Luise. Wußten Sie, daß sie ihn zu ihrem Erben einsetzte? Ja, das Gestüt hat sie ihm vermacht. Alles legal und rechtlich . . .«

». . . einwandfrei?«

»Sie sagen es! Aber wenn Sie jetzt denken . . .«

»Was ich denke, ist wohl meine Sache! Sie mochten Ihren Bruder nicht. Er bekam das geschenkt, was Sie sich hart erarbeiten mußten!« sagte Kommissar Bärwald und fuhr ungerührt fort: »Deshalb beschlossen Sie, ihn umzubringen. Einfach so! Sie kannten seine Gewohnheiten. Sie wußten, daß sein Hengst Cäsar panische Furcht vor Blitzen hatte, Sie erzeugten diese heute morgen – in Ermangelung eines richtigen Gewitters – mit Ihrer Kamera. Stimmt's?«

»Und wenn es so wäre? Wohlgemerkt: Wenn?«

»Wenn? Schon mal was von Kain und Abel gehört? Vermutlich nicht! Lassen Sie es mich Ihnen erzählen«, sagte Charly Bärwald.

»Wenn ich zugebe, daß es genauso gewesen sein könnte, wie Sie sagen, würden Sie mir dann die Story ersparen?« fragte Wolfgang Schmidtbauer und blickte den Kommissar wieder lauernd an.

»Nein, ich bin der Meinung, daß Sie diese Geschichte

hören sollten. Also, nach der Vertreibung aus dem Paradies bekam Eva zwei Kinder. Kain und Abel. Abel wurde Schafhirte, Kain Ackerbauer. Beide brachten Gott Opfer dar. Gott nahm Abels Opfer an, Kains hingegen nicht, denn er sah, daß Kain nicht aufrichtig und sein Herz voller Neid und Mißgunst war. Um es kurz zu machen – Kain erschlug seinen Bruder Abel.«

»Na und? Was hat diese Uraltgeschichte mit mir zu tun?« fragte Wolfgang Schmidtbauer.

»Ich denke, die Antwort auf Ihre Frage können Sie sich selber geben«, sagte Glopper trocken.

Mit einem spöttischen Lächeln erhob sich Wolfgang Schmidtbauer und verließ den Raum.

»He, Chef, Sie können ihn doch nicht so einfach gehen lassen! Er hat doch seinen Bruder ermordet!«

»Ich weiß!« sagte Bärwald.

»Und was jetzt?«

»Nichts!« entgegnete Charly Bärwald ruhig.

»Nichts?« fragte Glopper fassungslos. »Sie wollen den Kerl einfach laufen lassen?«

»Laufen im Moment ja, einfach nein! Nein, einfach wird's für ihn ganz gewiß nicht werden. Er muß mit seiner Schuld leben. Sein ganzes Leben lang. Und dann, irgendwann später, wird er sich vor Gott, unserem Richter, verantworten müssen. Ehrlich, ich möchte nicht an seiner Stelle sein!«

»Warum verhaften Sie ihn denn nicht gleich?« drängte Glopper.

»Wir haben noch nicht den letzten stichhaltigen Beweis! Den müssen wir uns erst besorgen. Denken Sie an die Fußspuren rund um die alte Eiche, fahren Sie zu ihm raus, stellen Sie von mir aus sein ganzes Haus auf den Kopf, aber kommen Sie nicht ohne die Schuhe oder Stiefel zurück, die er heute morgen trug.«

Charly Bärwald nahm seinen Mantel vom Haken und verließ leichten Schrittes das Kommissariat.

Kreuzweg

Man schrieb den 24. März 1742. Wie seit Hunderten von Jahren kroch das erste zaghafte Licht der Morgendämmerung durch die engstehenden Tannen des kleinen Hügels oberhalb des Palastes. Baronin Hedwig von Schöndorff schritt – trotz ihres Alters von dreiundsechzig Jahren hoheitsvoll und aufrecht – nur auf ihren silbernen Spazierstock mit dem Elfenbeinknauf gestützt, die breit geschwungene Freitreppe hinunter. Ein Lakai öffnete in devoter Haltung den Wagenschlag und klappte eilfertig das hölzerne Treppchen vor ihr aus.

»He, Er da, schlafe Er nicht, fahre Er endlich los!« rief sie herrisch und klopfte ungeduldig mit dem Knauf ihres Stockes gegen das winzige Fenster der Equipage, kaum daß sie eingestiegen war und sich aufatmend in die samtroten Polster der Kutsche gesetzt hatte.

Die tiefen Verbeugungen ihres Lakaien hatte sie geflissentlich übersehen.

»Hü!«

Ohne sich umzuwenden schnalzte die mit einem schwarzen Umhang bekleidete Gestalt auf dem Kutschbock mit den Zügeln. Die prächtigen Rappen zogen an, der Kies vor dem Palais knirschte unter den schweren, eisenbeschlagenen Rädern, und schwankend holperte der Reisewagen dem festgestampften Sandweg zu.

Der Pförtner hörte und sah die Kutsche von weitem kommen, sprang schlaftrunken aus dem Pförtnerhaus und riß das schmiedeeiserne Flügeltor sperrangelweit auf. Mit gezogener Mütze und unterwürfiger Körperhaltung wartete er, bis der Wagen der Baronin hindurchgefahren war.

Hedwig von Schöndorff würdigte ihren Diener keines Blickes, verweilte sie doch bereits in Gedanken bei ihrer Tochter in Würzburg, dem Ziel ihrer Reise.

Ungebührliches war ihr über deren Lebenswandel zu Ohren gekommen, und nun wollte sie diesen Geschichten und Gerüchten nachgehen.

Seit eineinhalb Jahren trug ihre Tochter Agathe die Witwenhaube. Aber anstatt sich standesgemäß hinter dicke Klostermauern zu begeben, lebte sie anscheinend mit einem Bürgerlichen unter einem Dach.

Mit einem Bürgerlichen!

Kaufmann oder Gewürzhändler sollte er sein, hieß es. Witwer und Protestant zudem! Hedwig von Schöndorff schüttelte sich. »Welche Schande«, flüsterte sie vor sich hin und zog angeekelt ihre Mundwinkel nach unten.

›Hat mir dieses Kind nicht allein schon durch ihre Geburt genug Unheil gebracht?‹ dachte sie und preßte ihre Lippen hart aufeinander. In ihren Augen glomm wilder Haß auf. ›Immer hat dieser Bastard mir nur Kummer und Ärger bereitet! War wahrscheinlich auch nicht anders zu erwarten gewesen – bei diesem Vater!‹

Der Mund der Baronin verzog sich zu einem schmalen Strich, als sie an den Vater der Agathe dachte.

Agathe war das unerwünschte und ungeliebte Kind aus einer gleichermaßen heftigen wie kurzen Liebschaft zwischen ihr und dem früheren Verwalter des Barons von Schöndorff.

Sie hatte den Baron von Schöndorff Anno 1697 auf Drängen des Fürstbischofs geheiratet, nachdem der Fürstbischof ihrer überdrüssig geworden war und sie – ohne jegliche Gefühlsregung – vor die Wahl stellte, entweder den zwanzig Jahre älteren Landedelmann zu ehelichen oder aber in ein Kloster zu gehen. Da sie das Leben viel zu sehr liebte, schöne Kleidung und gemütliche und prunkvolle Räume den kalten und kargen Klosterzellen vorzog, entschied sie sich für das kleinere Übel und gab dem alternden Baron ihr Jawort. Als sie der Meinung war, ihrer ehelichen Pflicht Genüge getan zu haben, nachdem sie ihm einen männlichen Erben geschenkt hatte, suchte sie sich außerhalb ihrer Ehe Vergnügungen und Zerstreuung. In dem Gutsverwalter Bruno sah sie ein willkommenes Objekt. An eventuelle Folgen verschwendete sie nicht einen Gedanken.

Die Baronin hob den roten Samtvorhang des linken Fensters ein wenig zur Seite und schaute nach draußen: Bleiern hing die Morgendämmerung immer noch über den umgepflügten Feldern. An der Wegbiegung erblickte sie ein steinernes Kreuz, an dem eine Christusfigur hing. Plötzlich erhellte ein nahezu unwirklich gleißendes Licht das Wageninnere und vor Hedwig von Schöndorff tauchte eine weißgetünchte, schmucklose Klosterzelle auf. Vor einem schlichten Holzkreuz aus Rosenholz bemerkte sie sich kniend, die braune Kutte der unbeschuhten Karmeliterinnen tragend. Andächtig und hingebungsvoll war sie im innigen Gebet versunken. Sie spürte Körper, Geist und Seele innig mit Gott verbunden. Ein bisher vermißtes Gefühl von Ruhe und Sicherheit ergriff von ihr Besitz, und so fragte sie sich zum ersten Mal in ihrem Leben, ob sie vielleicht nicht das Wichtigste versäumt hatte.

Das Wichtigste?

Ein Leben mit Gott?

Nein!

Nein, nein und nochmals nein! An Gott glaubten doch bloß die Armen, die Habenichtse, die, die im Leben zu kurz kamen. An irgend etwas müssen die sich ja klammern!

Als sie noch die Geliebte des Fürstbischofs war, hatte er

ihr oft genug zynisch erklärt, daß Gott überhaupt nicht existent sei.

»Gott ist doch nur eine Idee, Hedwig, damit die wenigen intelligenten Menschen friedlich ihre Macht über die vielen dummen ausüben können!« sagte er und strich ihr zärtlich über das Haar.

»Wie kannst du nur so etwas behaupten?« fragte sie ihn. »Du bist doch einer seiner Diener.«

»Ich bin Herrscher und keines Gottes Diener! Es ist ein Ding der Unmöglichkeit, Diener einer Idee, einer reinen Erfindung zu sein. Dummchen, wie stellst du dir denn das vor? Denk doch bloß an die alten Griechen oder Römer! Deren Himmel war ja auch voller Götter, die sich in der Phantasie der Menschen sogar stritten, gegenseitig verletzten oder gar töteten!«

»Aber Jesus, der ist doch auch . . .«, warf sie ein.

»Vergiß ihn! Es ist doch folgerichtig, daß es keinen Sohn Gottes geben kann, wenn es keinen Gott gibt, oder?«

Gegen diese Logik konnte Hedwig nichts mehr einwenden. Irgendwie leuchtete ihr das Argument des Fürstbischofs ein. Und so lebte sie fortan ohne Gott.

Das unwirklich gleißende Licht erlosch ebenso plötzlich, wie es für Sekunden, Minuten oder gar Stunden? aufleuchtete. Baronin Hedwig von Schöndorff sah ihre Hand am roten Samtvorhang. Draußen war die Morgendämmerung immer noch nicht dem Tag gewichen. Sie hörte das gleichmäßige Klappern der Pferdehufe, die knarrenden Geräusche der Wagenräder, die über die unebenen Wege rumpelten. Sie meinte, daß sie kurz eingenickt sein mußte und dabei geträumt hatte. Sie wischte sich über das Gesicht, setzte sich bequemer hin und wickelte die neben ihr auf der Lederbank liegende Felldecke um ihre Beine. Dabei wanderten ihre Gedanken wieder in die Vergangenheit zurück, als wären sie durch nichts unterbrochen worden.

Sie dachte an die prüfenden Blicke des Barons, als er die Tochter zum ersten und letzten Mal in seinen Armen hielt! Der resignierende Spott in seiner Stimme, als er sagte: »Für ein Siebenmonatskind ist sie ja ziemlich ausgereift. Findest du nicht, meine Liebe!«

Sie ersparte sich jede Antwort, indem sie einen Schwächeanfall vortäuschte. Gleich nachdem sie das Wochenbett verlassen hatte, gab sie das Kind zu einer Amme ins Dorf. So sorgte sie dafür, daß ihre Tochter vom Baron ferngehalten wurde. Auch der Baron erwähnte nie wieder den Namen des Kindes. Ohne Erklärungen entließ der Baron den Verwalter, die Baronin verhinderte, daß das Kind im Palast aufwuchs. Mit sieben Jahren brachte sie es ins nahegelegene Kloster. Dort blieb es, bis der Baron starb.

Später verheiratete sie Agathe mit einem entfernten Verwandten des Fürstbischofs. An der Trauung nahm sie nicht teil, doch ließ sie ihr eine ansehnliche Mitgift zukommen.

Hedwig von Schöndorff blickte durch's Fenster. Immer noch überwog das Morgengrauen. Die Kutsche fuhr jetzt durch eine schlammbedeckte Dorfstraße. Hühner, Enten und Gänse flohen aufgeregt gackernd und schnatternd vor dem Gefährt. Ein Hofhund kläffte wütend und zerrte an seiner Kette. Neben der knorrigen Eiche auf dem Dorfplatz stand ein Steinkreuz aus rötlichem Buntsandstein.

Wieder erleuchtete eine überirdische Lichtflut das Wageninnere, und die Baronin hörte die fröhlichen Klänge der Hörner, die zur Treibjagd bliesen, die lauten Rufe der Treiber, die galoppierenden Pferde. Sie saß im Damensattel auf ihrer Stute Isis und spürte den frischen Morgenwind durch ihre Haare streichen, sie sah die Tautropfen im Gras und auf den jungen Halmen des Getreides glitzern. Johann, der Mann ihrer Tochter, jagte einige Meter vor ihr auf seinem Schimmel durch den Hohlweg. ›Jetzt oder nie‹, dachte sie, zügelte Isis, hob das Gewehr und drückte ab. Sie sah Johann vom Pferd stürzen, doch fast im gleichen Augenblick donnerte ein Keiler aus dem Gebüsch. Da schoß sie zum zweiten Mal. Der Keiler überschlug sich und blieb mitten auf dem Weg liegen. Hedwig von Schöndorff wendete blitzschnell ihre Stute und schloß sich dann von hinten der Jagdgesellschaft wieder an. Kurze Zeit später fanden ein paar Treiber die Getöteten: den Mann ihrer Tochter und das Wildschwein.

»Blattschuß, bei beiden«, meinte der Fürstbischof anerkennend, dessen größte Leidenschaft die Jagd war, und segnete gegen Abend das reiche Wildbret.

Sie hatte ihren Schwiegersohn töten müssen. Drohte er ihr doch damit, aller Welt die wahre Herkunft seiner Frau mitzuteilen, wenn sie ihm nicht seine hohen Spielschulden bezahlte. Sie tat dies einige Male, um ihren guten Ruf zu bewahren. Aber als die Summen, die er von ihr forderte, immer höher und höher wurden, sah sie nur einen Ausweg: den Jagdunfall.

Die überirdische Lichtflut erlosch. Der Reisewagen der Baronin hatte längst das Dorf hinter sich gelassen. Sie stöhnte unterdrückt auf und wickelte sich fröstelnd in die Reisedecke aus Bärenfell ein. Verzweifelt und leicht verwirrt wegen der so unendlich lange anhaltenden Morgendämmerung versuchte sie sich zu erinnern, wohin sie fuhr.

Und da es ihr partout nicht einfallen wollte, lehnte sie ihren Kopf erschöpft an das weiche Samtpolster der Rückenlehne und beschloß, noch ein wenig zu schlafen. Nachher wollte sie den Kutscher fragen. Nachher!

Fröhlich vor sich hinpfeifend lenkte der Kutscher die Pferde an der Weggabelung nach rechts. Dichter Laubwald säumte nun zu beiden Seiten die Landstraße.

›Welch ein schöner Morgen‹, dachte er und sah zufrieden in den wolkenlosen, strahlend blauen Himmel.

Um die Mittagszeit hielt die Kutsche in der Klostergasse vor dem Haus der Tochter. Ein herbeieilender Diener öffnete die Wagentür und blickte erschrocken auf die Baronin. Sie war tot!

Agathe bedauerte einerseits den plötzlichen Tod ihrer Mutter, andererseits war sie froh, daß Gott eingegriffen hatte, denn so hatte er sie vor weiterem Kummer bewahrt. Sie wußte, daß ihre Mutter vorgehabt hatte, sie in ein Kloster zu bringen. Und als gehorsame Tochter hätte sie ihrem Wunsch nachkommen müssen.

Ein fast perfekter Mord

Das Gelingen eines perfekten Mordes hängt davon ab, wie gut oder wie schlecht man sein potentielles Opfer kennt, mit dessen Gewohnheiten vertraut ist und in welcher Verfassung man selbst am Tag der Tat ist.
Morde im Affekt sind nicht sonderlich erfolgreich, was die Aufklärungsquote durch die Polizei betrifft. Der perfekte Mord muß gründlich geplant, also lange vorbereitet werden. Man darf niemals der Versuchung erliegen, Emotionen mit ins Spiel zu bringen. Egal wie groß der Haß auch auf die Person, die man umzubringen gedenkt, sein mag.

Astrid könnte meine These bestätigen. Doch leider weilt sie nicht mehr unter den Lebenden, denn sie war mein Opfer! Und ich kannte sie so gut, wie sonst keinen Menschen, denn wir wurden zusammen eingeschult. Ja, sie war meine Freundin von der ersten Klasse an. Später gingen wir gemeinsam auf die Realschule, danach machten wir sogar unsere Lehre als Verwaltungsangestellte in derselben Ortsverwaltung. Danach trennten sich allerdings unsere Wege. Robert heiratete mich. Wir zogen weg. Weg aus der Enge des Schwarzwalddorfes, hinauf in den hohen Norden. Unser erster Sommer am Meer war herrlich: Sonne, Strand und anscheinend nie endendes Glück. Meinen Gefühlen wuchsen Flügel, und ich schwebte den weißen Schäfchenwolken am strahlend blauen Himmel entgegen.

Eines Tages jedoch tauchte unerwartet und unverhofft Astrid bei uns auf.

»Ich muß unbedingt einmal ausspannen«, sagte sie und strahlte mit der Sonne um die Wette.

In unserem Häuschen hinter dem Deich hatten wir einige Gästezimmer eingerichtet, die ich an Touristen vermietete, damit wir schneller von den Schulden, die so ein Hauskauf mit sich brachte, herunterkamen. Robert hatte nichts dagegen, denn er fand, daß mir ein wenig Beschäftigung guttun würde.

So quartierte sich Astrid bei uns ein. Von Bezahlung war allerdings nie die Rede. Auch nicht davon, wie lange sie bleiben wollte.

Als vier Wochen vergangen waren, fragte ich sie, ob sie denn nicht nach Hause müsse.

»Nein, mir gefällt's hier echt riesig. Deshalb habe ich ja meinen Job dort unten gekündigt. Ich werd' mir gelegentlich einen neuen suchen«, erklärte sie mir.

»Du hast deinen Job gekündigt? Davon weiß ich ja gar nichts!« erwiderte ich baß erstaunt.

»Oh, hab' ich dir das nicht gesagt?« fragte sie und tat sehr verwundert.

»Nein, hast du nicht«, antwortete ich und verließ ihr Zimmer.

Warum wollte sie nicht zurück? Was hielt sie hier bei uns? Ein Freund? Das wäre immerhin möglich. Das Glück würde ich ihr von Herzen gönnen. Weshalb brachte sie ihn aber nicht mit?

Ich beschloß, mit Robert darüber zu reden. Doch der lachte nur und meinte: »Weshalb sollte Astrid nicht bleiben, wenn es ihr bei uns gefällt? Sie ist doch deine Freundin, was hast du plötzlich gegen sie?«

»Ich hab' nichts gegen sie, aber sie kann doch nicht ewig hier herumsitzen«, entgegnete ich und fühlte mich aus einem unerklärlichen Grund in die Defensive gedrängt.

»Schatz, weißt du, was ewig heißt?« fragte er mich und sah mich spöttisch an.

Ich ersparte mir eine Antwort und spürte auf einmal

instinktiv, daß ich von ihm keinerlei Unterstützung erhalten würde.

Wochen und Monate gingen ins Land. Der Sommer kam. Astrid lebte bereits fast ein Jahr bei uns. Sie wurde für mich zu einem immer größeren Problem. Sie rührte keinen Finger, kaufte weder ein noch half sie mir im Haushalt. Sie ließ sich wie ein Feriengast bedienen. Ihr rücksichtsloses und anmaßendes Verhalten mir gegenüber ließ mich wütend werden.

Irgendwann merkte ich, daß zwischen Astrid und Robert eine mehr als freundschaftliche Beziehung bestand.

Vielleicht hätte ich ihn deshalb nicht zur Rede stellen sollen. Ich tat es trotzdem, und die Folge davon war, daß er die Scheidung einreichte.

Während unserer Scheidung reifte in mir der Entschluß, Astrid umzubringen. Sie war in meine Ehe eingebrochen, hatte mir meinen Robert weggenommen. Das konnte ich nicht ungesühnt durchgehen lassen. Also begann ich systematisch und mit nicht geringem Vergnügen, ihren Tod zu planen. Wie gesagt, ich wollte den perfekten Mord, und dieser war nicht im Affekt durchführbar. Schließlich wollte ich ja keinen jahrelangen Gefängnisaufenthalt riskieren.

Am Tag unseres Scheidungsurteils ging er mit ihr zum Standesamt, um das Aufgebot zu bestellen.

Als ich das erfuhr, fragte ich mich, weshalb sie ihn unbedingt heiraten wollte. Damals dachte ich, daß sie der Versuchung nicht widerstehen konnte, ihrer unattraktiven Freundin den Mann wegzunehmen, den diese anscheinend weder durch ihr Aussehen noch sonst irgendwie verdient hatte.

Das ist mir an schönen Frauen schon aufgefallen: Sie können es nicht ertragen, wenn sie mit ansehen müssen, daß es nicht sonderlich hübschen Menschen gut geht. Ich glaube, allein, daß sie mir Robert wegnahm, verschaffte ihr Befriedigung.

Astrid zog mit Robert in ein Haus im Nachbardorf, das doppelt so groß war wie das, in welchem ich mit ihm gelebt hatte. Sie mußte keine Zimmer an Feriengäste vermieten. Weder sie noch er luden mich je in ihr Haus ein. Trotzdem wußte ich genauestens über ihre Wohnverhältnisse Bescheid, denn nach der Scheidung hatte ich eine Anstellung als Verwaltungsangestellte in dem Ort bekommen, in dem sie lebten. Da war es mir ein Leichtes, an die Baupläne ihres Hauses heranzukommen. Was mir sofort auffiel, als ich die Pläne zum ersten Mal sah, war die Sauna im Keller. Sogar über ein Tauchbecken verfügten sie. Woher sie das Geld zum Kauf dieses Hauses hatten, bekam ich ebenfalls ziemlich schnell heraus: Astrid hatte das Hotel, das sie von ihren Eltern geerbt hatte, verkauft. An die fünf Millionen sollte sie dafür von einem Hotelkonzern kassiert haben.

Fünf Millionen! Und bei mir lebte sie ein ganzes Jahr umsonst, zahlte keinen Pfennig für Unterkunft und Verpflegung und nahm mir Robert weg, den Mann meines Lebens. Dafür mußte ich mich doch rächen, oder?

Da ihr Haus weit außerhalb des Dorfes in einer kleinen, versteckten Mulde gleich hinter dem Deich lag (Robert hatte schon immer ein Faible für Häuser direkt hinter dem Deich), hatten sie keine Vorhänge an den Fenstern. Und so konnte ich sie heimlich beobachten. Bald stellte ich fest, daß Robert jeden Montagabend pünktlich um acht Uhr das Haus verließ. Ich wußte, wohin er ging: zum Schützenverein. Dieses Hobby hatte er auch während unserer Ehe ausgeübt, sicher nur mit dem Unterschied, daß er sich damals ab und zu hinter meinem Rücken mit Astrid am Strand oder in einem verschwiegenen Hotelzimmer traf. Mit fünf Millionen im Hintergrund brauchte sie allerdings – im Gegensatz zu mir – eine Liaison mit einer anderen Frau nicht zu befürchten. Vermutlich rief sie auch hin und wieder im

Schützenhaus an, um wirklich sicher zu sein, daß er sich dort amüsierte. Wie ahnungslos ich doch früher gewesen war. Ahnungslos und unwissend!

Das war nun vorbei! Ich stellte fest, daß Astrid den Montagabend seiner Abwesenheit zur ganzkörperlichen Schönheitspflege verwandte. Zuerst ging sie in die Sauna, dann stieg sie ins Tauchbecken, und danach legte sie sich unter die Sonnenbank. Ja, sie hatte sich ein Solarium gekauft. Es befand sich in einem kleinen Raum direkt neben der Sauna.

Im zweiten Sommer nach unserer Scheidung unternahmen sie eine sechswöchige Kreuzfahrt im Mittelmeer. Diese Information erhielt ich von Elke Hansen, die während ihrer Abwesenheit die Blumen versorgte, den Rasen mähte und sich auch sonst um das Haus kümmerte. Frau Hansens Mann war Krabbenfischer. Sie arbeitete halbtags im Büro des Fremdenverkehrsvereins, das im Rathaus untergebracht war. Ich freundete mich mit ihr an, weil ich infolge meiner Recherchen festgestellt hatte, daß sie sich ihrerseits mit Astrid gut verstand.

Eines Tages bat Elke mich, für ein paar Tage ihre Pflichten im Haus der Wagners zu übernehmen, weil sie mit ihrem Mann gerne auf Krabbenfang gehen würde.

»Wir brauchen ihnen ja nichts zu sagen«, meinte sie und blickte mich verständnisvoll an. »Ich weiß, daß du früher mit ihm verheiratet warst. Da könnte es sein, daß er es nicht gerne sehen würde, wenn du ihm die Blumen gießt?«

»Du könntest irgendwie recht haben«, sagte ich.

›Das ist die Gelegenheit, mir das Haus von innen anzusehen‹, dachte ich, tat aber vor Elke so, als müßte ich mir die Sache gründlich überlegen. »Ich weiß nicht«, gab ich mich zögerlich, »wenn das je rauskommt, gibt es mächtig Stunk!«

»Wird es nicht geben. Ich halte dicht«, versprach sie mir.

»Na gut, von mir aus«, antwortete ich und tat so, als würde ich ihr den kleinen Gefallen nur widerwillig erweisen.

Sie umarmte mich dankbar und händigte mir den Schlüssel aus. Von diesem ließ ich mir in Hamburg bei einem Schnellschlüsseldienst einen Nachschlüssel anfertigen. Der Mann hinter dem Tresen hatte an jenem Samstag so viele Kunden, daß er sich wohl kaum an jeden einzelnen Kunden würde erinnern können. An jenem Tag wußte ich noch nicht, ob oder wozu ich den Schlüssel brauchte. Doch ich dachte, es wäre gut, mir jederzeit Zugang zum Haus verschaffen zu können.

Wie ich Elke versprochen hatte, versorgte ich die Blumen. Den Rasen hatte sie vor ihrem freien Wochenende gemäht, so daß ich nicht Gefahr lief, von irgendeinem zufälligen Spaziergänger gesehen zu werden. Im Haus sah ich mich gründlich um. Alles war vom Feinsten: die kostbaren Gläser in der Vitrine, die Wohnzimmermöbel aus echtem Mahagoni, die Tiffany-Lampen. In den Schränken stapelte sich Bett- und Unterwäsche aus reiner Seide. Seidenhemden, Krawatten und Dutzende von Anzügen hingen in seinem Schrank, teure Designerklamotten in ihrem.

Ich durchstreifte also das Haus und inspizierte alles vom Dachboden bis zum Keller. Im Keller kam mir dann die Idee zum perfekten Mord!

Dennoch ließ ich mir ein weiteres Jahr Zeit. Wie gesagt, ich hatte es nicht eilig, sie umzubringen. Geduld war zwar früher nie eine meiner Stärken gewesen, aber wenn ich sicher gehen wollte, durfte ich mir keinen Fehler erlauben.

Am Montag, den 29. November, sollte sie sterben. Es mußte ein Montag sein, der Abend, den sie gewohnheitsmäßig allein in der Sauna verbrachte.

Ich wartete also in der Dunkelheit, bis Robert das Haus verlassen hatte, und gab mir noch eine Viertelstunde dazu.

Dann schlich ich zum Haus, beobachtete durch das rückwärtige kleine Kellerfenster, daß Astrid in die Sauna ging. Dies war für mich das Signal zum Handeln! Ich wußte genau, was ich zu tun hatte. Ganz ruhig und geräuschlos öffnete ich mit dem Nachschlüssel die Haustür, lief leise die Treppe hinunter und stieß zwischen Tür und Holzboden der Saunakammer mit geballter Kraft den dicken, nach vorne abgeflachten Holzkeil hinein und drehte den Thermostat auf Höchstleistung. Den Holzkeil hatte ich selbst millimetergenau angefertigt, als ich für Elke die Blumen goß.

Verzweifelt hämmerte Elke gegen die Tür. Ich hörte sie schreien. Lautlos wie ich gekommen war, verschwand ich wieder. Den Schlüssel legte ich über Nacht in ein Salzsäurebad und vergrub die kaum noch erkennbaren Reste in der nächsten Nacht zwischen den Schwellen der Bahngleise der Strecke Hamburg-Hannover.

Die Polizei kam erst eine Woche später zu mir, um mich zu verhören. Die meiste Zeit redete der Inspektor, der Hauptkommissar saß nur da, blickte sich in meinem Wohnzimmer um und sah gelangweilt hinaus auf den Deich.

Im großen und ganzen war es einfacher, als ich je erwartet hatte. Nur einmal wurde es ein bißchen brenzlich, als sich der Kommissar einmischte: »Sie hat doch Ihren Mann geheiratet? Haben Sie sie dafür nicht gehaßt? Oder führten Sie eine moderne Ehe mit anschließender moderner Scheidung? Etwa nach dem Motto: Nimm ihn dir, das macht doch nichts. War es etwa so?«

Mir fiel es nicht leicht, seinen verächtlichen Ton zu ertragen, aber wenn er glaubte, mich provozieren zu können, hatte er Pech gehabt. Eine Frage in dieser Richtung hatte ich erwartet und war darauf vorbereitet. Ich tat, als würde ich nachdenken und betrachtete das Bild über dem Sofa, auf dem ich saß, ehe ich antwortete.

»Sie haben recht«, gab ich mit vor innerem Schmerz zitternder Stimme zu, »am Tag unserer Scheidung und auch noch einige Zeit danach hätte ich sie umbringen können. Das verstehen Sie doch –? Aber dann hatte ich mich irgendwann damit abgefunden. Man kann ja nicht dauernd einer verlorenen Liebe hinterherjagen. Ich machte mir einfach deutlich: Was hätte es mir gebracht, wenn er bei mir geblieben wäre und immer an sie gedacht hätte?«

Das war alles, was ich damals oder später über Robert zu sagen hatte. Viermal kam die Kripo zu mir. Sie fragten, ob sie sich bei mir in der Wohnung umsehen könnten. Sie taten es sehr gründlich und nahmen ein paar Klamotten zur Untersuchung von mir mit. Eine Woche später brachten sie alles kommentarlos zurück. Ich habe nie herausgefunden, welchen Verdacht sie hatten. Jedesmal, wenn sie kamen, hatte ich weniger zu sagen, nicht etwa mehr. Ich saß nur da und erzählte ihnen immer die gleiche Geschichte mit immer denselben Worten. Schließlich gaben sie es auf.

Nach Astrids Tod war mein Leben sinnlos geworden. Ihre Ermordung zu planen war wenigstens interessant gewesen und hatte mir über Roberts Verlust ein wenig hinweggeholfen. Nun wußte ich plötzlich nicht mehr, weshalb ich existierte.

Ungefähr ein halbes Jahr nach Astrids Tod fing ich an zu träumen. Ich träumte jedesmal den gleichen Traum: Eine mächtige Hand erscheint, ein überdimensionaler Finger zeigt auf mich, und dann schreibt sie ›Mörderin‹ an eine kalkweiße Wand. Nach diesem Traum wache ich immer schweißgebadet auf, und dann befällt mich die Angst vor der kommenden Nacht. Die Angst läßt mich nicht mehr los, auch tagsüber nicht. Manchmal denke ich, ob es nicht eine andere Frau gewesen war, die Astrid tötete. Ich konnte doch nicht die Mörderin sein! Das kann ich unmöglich gewesen sein! Ausgeschlossen!

An einem regnerischen Freitag nachmittag im April ging Professor Doktor Hartmann mit seinem Oberarzt und einer jungen Lernschwester durch die geschlossene Abteilung der Psychiatrie. Vor einer der vielen klinkenlosen Türen blieb er stehen und fragte seufzend: »Wie geht es der armen Frau Wagner?«

»Sie glaubt immer noch, die zweite Frau ihres Mannes ermordet zu haben«, antwortete der Oberarzt resignierend.

»Und hat sie?« fragte die junge Lernschwester neugierig. Sie war erst vor wenigen Tagen auf die ›Geschlossene‹ gekommen.

»Nein, natürlich nicht«, antwortete der Professor.

Brillianten-Eddy

»Du, Thommy, besorgst das Fluchtauto. Aber nicht solch eine Schrottkiste wie beim letzten Mal, wenn ich bitten darf! Und du, Freddy, kümmerst dich um die Safekombination. Das wird doch nicht so schwierig sein, oder?« fragte Eduard Tapper, in seinen Kreisen besser bekannt unter dem Namen Brillianten-Eddy. Er stieß seinen Stuhl zurück und stand auf.

»Na klar arbeitet Britta in dem Juwelierladen! Trotzdem wird es nicht leicht für mich werden, an die Nummer ranzukommen. Sie darf nämlich nichts merken. Die Kleine ist sowas von sensibel! Sie kann nicht lügen! Wird rot dabei. Wenn die Bullen nur den geringsten Verdacht hegen und sie ausfragen, merken die gleich, daß bei ihr etwas nicht stimmt. Also ist es besser, sie weiß nichts!« antwortete Freddy.

»Immer muß ich die Drecksarbeit machen«, beschwerte sich Thommy maulend.

»Halt die Klappe und sei froh, daß du bei uns mitmachen darfst! In die Gang vom Cognac-Willi bist du ja nicht reingekommen. Du hattest ihnen den Banküberfall ganz schön vermasselt!« fuhr ihn Eddy an.

»War es meine Schuld, daß die Kiste nicht ansprang?« verteidigte sich Thommy.

»Logo war es deine Schuld! Du hättest bloß auf die Tankanzeige achten müssen! Du bist ja sowas von dämlich! Klaust ein Auto, in dem fast kein Sprit mehr drin ist. Ganz schön bescheuert!« sagte Eddy und tippte sich an die Stirn.

»Das hätte dir auch passieren können! Wer denkt denn bei einem Luxusschlitten an so etwas!«

»Denken! Genau! Denken muß man, wenn man einen

Supercoup landen will!« entgegnete Eddy ungerührt, schaute Thommy spöttisch an, schlenderte zum Billardtisch hinüber und ordnete die Kugeln auf dem grünen Tuch.

»Ich denke immer!« protestierte Thommy.

»Was du auch immer darunter verstehen magst«, sagte Freddy und blickte seinen Kumpel ein wenig mitleidig an.

»Fangt bloß nicht zu streiten an! Das fehlte mir gerade noch! Kümmert euch gefälligst um eure Jobs. Am Samstag steigt das Unternehmen. Also tummelt euch!«

»Ich besorge das Auto, Freddy die Safenummer, und was tust du?« fragte Thommy leicht erbost.

»Ich habe den Juwelierladen ausgekundschaftet, den Plan ausgearbeitet, alles organisiert und trage zudem die gesamte Verantwortung. Zufrieden? Oder will einer von euch meinen Job übernehmen? Er kann ihn gerne haben! Ich hätte nichts dagegen, auch mal 'ne ruhige Kugel zu schieben!«

»Hey, Boß, Thommy meint es ja nicht so! Vergiß sein blödes Gequatsche einfach, okay?«

»Macht euch an die Arbeit«, knurrte Eddy.

»Hast du die Nummer vom Safe?« fragte Eddy am Samstag, als sich die zwei zur verabredeten Zeit in seiner Wohnung eingefunden hatten.

»Logo!«

»Und das Auto?«

»Ist eine Edelkarosse. Und, du wirst es kaum glauben, der Tank ist bis oben hin voll!« sagte Thommy zufrieden mit sich und seiner geleisteten Arbeit.

»Na, dann kann's ja losgehen«, sagte Eddy und öffnete die Wohnungstür.

Alles lief glatt: Das Schloß am Hintereingang zum Juweliergeschäft knackte Freddy, den Safe zu öffnen war – dank der von Freddys Freundin geklauten Zahlenkombination –

ein Kinderspiel. Im Safe lagen die wertvollsten Schmuckstücke, die Brillianten-Eddy je gesehen hatte.

Wie vorher ausgemacht, trennten sich die drei nach dem gelungenen Coup. Eddy nahm die Beute mit in seine Wohnung, wo er sie sorgfältig im unteren Teil des Ofenrohres versteckte. Dies erschien ihm im Sommer als das sicherste Versteck. Am Montag morgen wollte er die Klunkern zu seinem Spezi bringen, dem Antiquitätenhändler Carsten Wegener.

›Der nimmt die Schmuckstücke auseinander, bringt die wertvollen Steine nach Amsterdam und verscherbelt sie an die entsprechenden Diamantenschleifereien‹, dachte er zufrieden und rieb sich die Hände. Das würde für sie jede Menge Geld bringen!

Nichts davon konnte Eddy realisieren! Es kam erstens alles anders und zweitens, als er dachte.

Cognac-Willi machte ihm einen Strich durch seine Rechnung! Der trat einfach in der Nacht vom Samstag zum Sonntag die Tür zu Eddys Wohnung ein.

»Wo hast du die Brillis?« schnauzte er ihn grob an, fuchtelte mit seiner Pistole herum und zwang Eddy aus dem Reich seiner Träume in die Wirklichkeit zurück.

»Welche Brillis?« fragte Eddy schlaftrunken und richtete sich mühsam in seinem Bett auf.

»Die, die du mit Freddy und Thommy beim Juwelier Schönmann in der Königsstraße geklaut hast«, entgegnete Cognac-Willi ungerührt und setzte sich zu ihm aufs Bett, ihn immer noch mit der Waffe bedrohend.

»Steck das Ding ein! Es macht mich nervös«, sagte Eddy und drückte die Mündung der Pistole zur Seite.

»Mein Zeigefinger ist auch nervös! Rück die Brillis raus, die du beim Bruch erwischt hast, und der große Rest der Nacht gehört dir!«

»Brillis? Bruch? Wovon redest du eigentlich?« Eddy versuchte, sich zunächst dumm zu stellen.

»Komm, versuch nicht, mich zu veralbern! Ich weiß Bescheid! Thommy hat in der Kneipe ›Zum alten Scheffler‹ rumgetönt, daß du ihn für eine ganz heiße Sache eingesetzt hattest.«

»Ach ja? Hat er das?«

»Hat er«, bestätigte Cognac-Willi. »Also rück die Brillis raus!«

»Moment mal! So weit sind wir noch nicht!« versuchte Brillianten-Eddy ihn zu stoppen.

»Wir sind schon viel weiter«, brummte Cognac-Willi, griff Eddy brutal an dessen Pyjamakragen und drehte ihn um. Eddy bekam kaum noch Luft: »He, Mann, laß das! Wenn du mich umbringst, weißt du erst nicht, wo ich die Steinchen versteckt habe«, keuchte er.

»Du wirst es mir sagen, oder . . .« Cognac-Willi sprach den Satz nicht zu Ende, sondern drehte ihm noch ein bißchen mehr die Luft ab.

Eddy überlegte blitzschnell. Was würde ihm die Beute nützen, wenn er tot war? Also entschloß er sich, den Schmuck herauszurücken.

Nachdem Cognac-Willi mitsamt den Brillis verschwunden war, setzte sich Eddy völlig geplättet auf sein Bett und begann nachzudenken. Was hatte ihm der ganze Coup eigentlich eingebracht? Außer dem Risiko, von der Polizei erwischt zu werden, überhaupt nichts. Mist!

Da hatte er quasi seine Freiheit aufs Spiel gesetzt, nur damit sich Cognac-Willi und seine Bande bereichern konnten. »Mit Thommy mach' ich nie wieder einen Bruch«, schwor er sich. Schließlich legte er sich wieder hin und schlief weiter.

Zwei Stunden später wurde Eddy wieder unsanft aus

dem Schlaf gerissen. Diesmal besuchte ihn die Polizei. Zu dritt stürmten sie die Wohnung und begannen sofort systematisch die Schränke zu durchsuchen.

»He, habt ihr einen Durchsuchungsbefehl?« schrie Eddy sie wütend an. Die Burschen hatten ihm gerade noch gefehlt! Und den Thommy, den würde er bei der nächsten passenden Gelegenheit in den Boden stampfen. Der konnte seine Klappe nicht halten und hetzte ihm in seiner Dummheit auch noch die Bullen auf den Hals. Allerdings: Im Grunde genommen hatte er Glück im Unglück gehabt. Die Steine waren aus dem Haus. Sie konnten ihm also nichts nachweisen. Das wäre auch das Letzte gewesen, wenn er wieder zurück in den Knast gemußt hätte, wo er doch gerade vor ein paar Wochen auf Bewährung entlassen worden war.

»He, Sie haben meine Frage nicht beantwortet«, fuhr er einen der Polizisten an. »Wo ist der Durchsuchungsbefehl?«

Der Kommissar des Raubdezernats blickte finster drein und brummte: »Den reichen wir nach! Du willst doch nicht, daß wir wegen dir den Richter wecken.«

»Oh, ihr wolltet den Herrn nicht stören? Verstehe, der Richter ist wohl was Besseres? Ein Mensch erster Klasse, was?« brüllte Eddy.

»Halt den Mund oder wir nehmen dich mit aufs Revier!« entgegnete der Kommissar ruhig.

Mit verhaltenem Zorn und völlig hilflos mußte Eddy zusehen, wie sie peinlichst genau und äußerst systematisch seine Wohnung durchstöberten.

»Jetzt ist Thommy endgültig reif«, murmelte Eddy vor sich hin, nachdem sie anderthalb Stunden später – ohne den erhofften Beweis – wieder abgezogen waren. Er wollte gerade durch die Haustür verschwinden, da sah er, wie eine junge Frau das Gartentor öffnete.

»Zu wem wollen Sie denn?« knurrte er ungehalten.

»Wohnt hier ein Mann namens Tapper?« fragte sie und schenkte ihm ein reizendes Lächeln.

»Ja, was wollen Sie von ihm?«

»Das würde ich ihm gerne selber sagen«, antwortete sie und wollte sich an ihm vorbeidrängen. – Er packte sie hart am Arm: »Raus mit der Sprache, junge Frau, ich bin Tapper! Meine Freunde allerdings ...«, er grinste anzüglich, »... nennen mich Eddy.«

»Schön, dann hören Sie gut zu, Herr Tapper«, erwiderte sie und ignorierte sein breites Grinsen, »geben Sie mir sofort den Schmuck, den Sie vergangene Nacht aus dem Safe meiner Firma entwendet haben. Ansonsten ...«

»Ansonsten was?« unterbrach er sie grob.

»Ansonsten sehe ich mich leider gezwungen, die Polizei zu informieren!«

»Das können Sie sich sparen, Lady. Die war eben bei mir, hat alles durchsucht und ist leider, leider nicht fündig geworden. Bedauerlich, was?«

»Dann sagen Sie mir, wo Sie die Beute aus dem Juwelierladen versteckt haben?« forderte sie ihn auf und schaute ihn so unnachgiebig an, daß er es für angebracht hielt, ihr den wahren Sachverhalt zu erklären, weil er vermutete, daß sie andernfalls so lange bleiben würde, bis sie es wußte.

»Okay, okay, ich sag es Ihnen. Aber zuvor müssen Sie mir versprechen, von hier ganz schnell zu verschwinden, wenn Sie es wissen«, entgegnete er seufzend.

»Geht in Ordnung! Also, ich höre?«

»Cognac-Willi hat mir heute nacht die Klunker abgenommen«, antwortete Eddy.

Sie sah ihm an, daß ihm sein Geständnis mehr als peinlich war.

»Danke«, sagte sie, drehte sich um und verließ sein Grundstück.

»He, und das glauben Sie mir so einfach?« rief er fassungslos hinter ihr her.

»Na klar! Die Polente hat doch bei Ihnen nichts gefunden!«

»Immer langsam mit den Gäulen«, sagte Eddy und rannte hinter ihr her. »Haben Sie mir die Bullen auf den Hals gehetzt?«

Sie blieb stehen, musterte ihn von oben bis unten, lächelte entwaffnend und erwiderte: »Nein. Ich bin Freddys Freundin und will nicht, daß er wieder im Knast landet. Im Grunde genommen ist er ein guter Kerl. Ab und zu allerdings rutscht er vom rechten Weg ab, und deshalb muß ich auf ihn aufpassen. Danke für die Auskunft!«

»He, und woher wissen Sie, daß ich Sie nicht angelogen habe?« fragte Eddy völlig verwirrt.

»Ich kenne mich inzwischen ein bißchen in eurem Milieu aus«, erklärte sie ihm freundlich lächelnd und zog sanft das kleine Gartentürchen hinter sich zu.

›Mann, hat Freddy ein Wahnsinnsglück, so eine tolle Braut zu haben‹, dachte Eddy und ging ins Haus zurück. Plötzlich hatte er überhaupt keine Lust mehr, sich mit Thommy über dessen Rumgequatsche in der Kneipe zu streiten. Der würde doch bloß alles abstreiten.

›Die Kleine war total furchtlos‹, sinnierte er, während er sich im Wohnzimmer hinlegte, um den versäumten Schlaf nachzuholen.

Britta bekam von Freddy die Adresse des Bandenchefs Cognac-Willi nicht heraus. Das ging ihm zu weit, außerdem wäre es Verrat gewesen. Und solch ein Verrat konnte ihn teuer zu stehen kommen.

»Weshalb willst du denn das wissen?« fragte er darum übervorsichtig.

»Er hat den Schmuck!«

»Was?« Sprachlos starrte Freddy seine Freundin an.
»Ja, er hat ihn«, bestätigte sie.
»Und woher?«
»Von Eddy! Thommy ist ein ganz fieser Typ. Er prahlte mit eurem Einbruch, und so ist euch Cognac-Willi oder sonst jemand von seiner Gang auf die Schliche gekommen. Jedenfalls hol' ich mir den Schmuck zurück! Wo kämen wir denn hin, wenn sich jeder einfach das nehmen könnte, was er gerne hätte? Schon mal das Wort Eigentum gehört? Falls das dich und deine Kumpane nicht sonderlich beeindrukken sollte, gibt's da noch ein Gebot: ›Du sollst nicht stehlen!‹. Abgesehen davon, daß es ganz schön gemein von dir ist, hinter meinem Rücken in dem Geschäft einzubrechen, in dem ich arbeite«, fauchte Britta ihren Freund an.
»Ich dachte . . .«
»Nichts hast du gedacht«, unterbrach sie ihn wütend, »komm mir nicht mit solchen faulen Ausflüchten! Du kannst von Glück sagen, daß die Polizei den Schmuck nicht bei deinem Freund Eddy gefunden hat. Sonst würdest auch du wieder die nächsten Jahre deines Lebens hinter schwedischen Gardinen zubringen müssen. Haben dir die vergangenen fünf Jahre nicht gereicht? Außerdem hast du mir versprochen, eine anständige Arbeit anzunehmen.«
»Anständige Arbeit, anständige Arbeit! Was anderes höre ich nicht mehr von dir, seitdem ich bei dir eingezogen bin. Dabei dachte ich, du liebst mich. Und ich Idiot wollte dich sogar heiraten!«
»Das werden wir auch – sobald wir die Sache wieder eingerenkt haben! Also gib die Adresse her.«
»Das ist viel zu gefährlich für dich«, erwiderte er und schwieg beharrlich.
»Na schön, dann frag' ich eben Brillianten-Eddy«, entgegnete Britta energisch und rannte aus der Wohnung.

So wurde Eddy zum dritten Mal innerhalb kürzester Zeit aus seinem Schlaf gerissen.

Nachdem Britta die Adresse von Cognac-Willi erhalten hatte, fragte sie Eddy, ob sie sein Telefon benutzen dürfe. Als er bejahte, rief sie die Polizei an und teilte dem Beamten am anderen Ende der Leitung – allerdings ohne Nennung ihres Namens – mit, wo sich der geklaute Schmuck aus dem Einbruch beim Juwelier Schönmann befand.

»Soviel Courage hätte ich Ihnen gar nicht zugetraut«, sagte Brillianten-Eddy bewundernd, nachdem sie sanft den Hörer auf die Gabel gelegt hatte, und fügte wütend auf sich selbst hinzu: »Auf die Idee hätte ich doch längst selber kommen können!«

»Sind Sie aber nicht!« meinte Britta kurz und bündig. Und dann fragte sie ihn, welchen Beruf er erlernt hätte.

»Kraftfahrzeugmechaniker. Wieso?«

»Wieso üben Sie diesen Beruf nicht aus? Das ist doch ein ehrbares Handwerk, oder?«

»Gute Frage, Lady, aber die ist schnell beantwortet: Niemand will einen Knasti nehmen. Also keine Chance!«

»Hm, Freddy hat denselben Beruf erlernt. Sind Sie Kfz-Meister?«

»Na klar! Aber das nützt mir jetzt auch nichts mehr.«

»Das würde ich nicht sagen. Haben Sie schon daran gedacht, sich selbständig zu machen?«

»Nö!« antwortete Brillianten-Eddy verdutzt.

»Dann denken Sie mal gründlich darüber nach«, riet ihm Britta.

Während am anderen Ende der Stadt Cognac-Willi verhaftet wurde, weil in seinem Appartement die Brillianten im Bad – unter einem Berg Schmutzwäsche – gefunden wurden, dachte Brillianten-Eddy über Brittas Vorschlag lange und gründlich nach. Eine eigene Autowerkstatt? Das wäre nicht schlecht. Doch woher sollte er ein Grundstück und das Geld für die Ausstattung der Werkstatt bekommen? Nicht zu vergessen die Gewerbeerlaubnis bei seinem recht beachtlichen Vorstrafenregister

»Wo ein Wille ist, muß auch ein Weg sein«, knurrte er ungehalten. Und plötzlich fiel ihm ein: Robert Puschka, sein ehemaliger Zellengenosse, hatte draußen am Rande der Stadt einen Schrottplatz, ob er nicht dort . . .? Er überlegte nicht lange, sondern machte sich auf den Weg.

»Und was hab' ich davon, wenn ich dich auf meinen Platz lasse?« fragte Robert Puschka, nachdem Brillianten-Eddy ihm von seinem Plan erzählt hatte.

»Du kriegst zuerst eine Umsatzbeteiligung, später zahle ich dir dazu eine Art Pacht«, antwortete Eddy. »Du hast ja ein riesiges Gelände. Da macht es doch nichts aus, wenn du mir eine Ecke überläßt. Außerdem, denk an das Geld, das du ohne einen Finger zu rühren bekommst.«

»Hm, tja, was soll ich sagen? Ich habe jede Menge Kunden, die sich dies oder jenes aus den Schrottautos ausbauen. Manche haben gefragt, ob ich nicht jemanden kenne, der die Sachen billig einbauen kann. Insofern wär das nicht übel. Andererseits möchte ich nie wieder was mit den Bullen zu tun haben. Sieben Jahre Knast reichen mir für den Rest meines Lebens. Also wenn ich dich auf den Platz lasse: keine krummen Dinger mehr.«

»Geht klar, Kumpel«, versprach ihm Eddy.

Und er hielt sein Versprechen, nicht zuletzt deshalb, weil Britta auf ihn und Freddy aufpaßte. Sie hatte inzwischen ihren Job als Verkäuferin im Juwelierladen aufgegeben und kümmerte sich um den kaufmännischen Bereich der kleinen Autowerkstatt. Da Brillianten-Eddy und Freddy ihre Kunden ausgezeichnet berieten, ordentlich und schnell arbeiteten, gelang es ihnen innerhalb kürzester Zeit, sich eine feste Stammkundschaft zu schaffen.

Nur Thommy blieb von dem ehemaligen Trio auf der Strecke. Er wollte sich auf kein festes Arbeitsverhältnis einlassen, verbrachte die meiste Zeit in der Kneipe ›Zum alten Scheffler‹ und hoffte im stillen, daß Cognac-Willi ihn eines Tages in seine Gang aufnehmen würde.

Auf diesen Tag wartete er jedoch vergebens, denn Cognac-Willi rutschte im Laufe der Jahre immer tiefer ab. Er wurde Pendler zwischen Freiheit und Knast, wobei die Zeiten im Gefängnis jedesmal länger wurden.

Richter von eigenen Gnaden

Einen verlegenen Ausdruck im ovalen Gesicht, betrat Renate Eisinger das Arbeitszimmer ihres Mannes. Der Blick aus ihren braunen, sanften Augen glitt durch den Raum und blieb liebevoll an Paul hängen. Er saß an seinem Schreibtisch und arbeitete sich gerade durch einen recht ansehnlichen Aktenberg.

»Liebling, entschuldige, wenn ich dich störe, du weißt ja, ich tu es nie gern, doch draußen im Flur wartet Lisbeth.«

Sie kam näher, beugte sich zu ihm hinunter und küßte ihn flüchtig auf seine hohe Stirn.

Spätestens jetzt wußte Paul, daß sie wieder etwas von ihm wollte. Und er wußte auch, was: einen Scheck – für ihre Freundin.

Paul analysierte mit jener kühlen Distanz, die ihm geholfen hatte, über den zweiten Bildungsweg ein bekannter, selbst von seinen Neidern geachteter Richter zu werden, seine Chance, dieses Mal nein zu sagen. Sehr rasch jedoch gelangte er zur Erkenntnis, daß sie gleich Null waren.

»Wieviel?« fragte er unterdrückt aufstöhnend und holte aus seiner linken Schreibtischschublade das Couvert mit den Scheckformularen hervor.

Sie nannte ihm eine Summe, und er stöhnte etwas lauter. »Muß es denn soviel sein?« fragte er scharf.

»Paul, sie ist meine einzige Freundin. Kann sie denn etwas dafür, daß wir mitten in der Rezession stecken? Sobald sie wieder Arbeit hat, gibt sie uns das Geld zurück.«

Nachdem er ihr den Scheck mit einer abfälligen Handbewegung hingeschoben hatte, ging sie hinaus in den Flur, wo ihn ihre Freundin freudestrahlend entgegennahm.

»Danke, du bist ein Schatz«, sagte Lisbeth erleichtert

und verstaute das wertvolle Stück Papier nachlässig in ihrer Handtasche.

»Bringst du mir irgendwann in nächster Zeit den Katzenkorb vorbei?« fragte Renate, deren kleines Kätzchen ihr um die Beine strich. »Ich muß mit ihr in der kommenden Woche zum Tierarzt. Es wird höchste Zeit, daß sie sterilisiert wird. Eine Katze reicht mir völlig!«

»Natürlich, ich habe es dir doch angeboten. Was soll ich noch mit meinem? Minka ist seit genau zwei Monaten nicht mehr bei mir aufgetaucht. Wann soll ich dir den Korb bringen?«

»Samstag oder Sonntag, egal.«

»Wie wär's mit Sonntag abend?«

»Fein! Paul hat zu arbeiten, und wir könnten uns zusammen den ›Tatort‹ ansehen«, erwiderte Renate und begleitete Lisbeth bis vor die Haustür.

»Also dann bis Sonntag!«

Lisbeth stieg in ihren Uraltmercedes und fuhr fröhlich hupend davon.

Hauptwachtmeister Hubert Meierling wußte in dem Augenblick, als er die Garage betrat, daß etwas nicht stimmte. Als er ein paar Schritte durch das Garagentor gegangen war, blieb er stehen. Müller Zwo war vor ihm hineingegangen und hatte den laufenden Motor abgestellt.

»Was ist los?«

Meierling antwortete nicht, sondern suchte weiter den Raum mit seinen Augen ab. In der einen Ecke lag ein Satz alter Winterreifen, in der anderen stand ein altes Damenfahrrad mit einem Kindersitz, daneben allerlei Gerümpel.

Meierling trat näher an den Wagen heran und betrachtete ziemlich lange die tote Frau. Schließlich sagte er: »Rufen Sie doch bitte über Funk Kommissar Bärwald.«

»Warum?«

»Tun Sie's einfach. Irgend etwas kommt mir hier nicht ganz geheuer vor.«

»Wenn Sie meinen«, brummte Müller Zwo und ging zum Wagen. Unterwegs murmelte er vor sich hin: »Für mich sieht es wie ein astreiner Selbstmord aus. Was soll der Kommissar schon anderes herausfinden können?«

Charly Bärwald schaute durch das heruntergekurbelte Seitenfenster: Die Tote saß in sich zusammengesunken auf dem Fahrersitz, ihre Hände lagen locker auf dem Lenkrad, der Kopf hing ein wenig zum Beifahrersitz hinüber.

»Sie haben recht«, wandte sich Bärwald an Müller Zwo, »auf den ersten Blick spricht wirklich alles für einen Selbstmord. Doch was mich stört, ist unter anderem die Lage des Kopfes und ihrer Hände. Selbstmörder lehnen sich – nach meiner bisherigen Erfahrung – zumeist mit dem ganzen Körper entspannt in den Sitz zurück und warten auf den Tod.«

»Weshalb sollte sie auch das Lenkrad anfassen, wenn sie doch nicht beabsichtigte zu fahren«, stimmte Glopper ihm zu.

»Damit hat der Täter einen groben Schnitzer gemacht. Genau aus diesem Grund bat ich Sie her«, sagte Hauptwachtmeister Meierling, zufrieden, sich nicht geirrt zu haben.

»Wieso der Täter? Es kann ja auch eine Frau gewesen sein«, meinte Müller Zwo und ärgerte sich ein bißchen über sich selbst, weil er nicht exakt genug beobachtet hatte.

»Kann es nicht gewesen sein«, widersprach ihm der Kommissar ruhig. »So ein Mord ist untypisch für Frauen. Damit will ich natürlich nicht sagen, daß sie weniger grausam und brutal als Männer sind. Im Gegenteil! Einmal zum Mord entschlossen, führen sie die Tat konsequent und erbarmungslos durch. Obwohl das Ergebnis – der Tod eines verhaßten Menschen – bei Männern und Frauen gleich ist, unterscheidet sich die Art, wie getötet wurde. Frauen morden leise! Sie bevorzugen Gift, einen kleinen Schubs aus großer Höhe, lockern auch schon mal ein paar Radmuttern am Auto oder benutzen Messer mit langen scharfen Klingen. Männer hingegen morden selten so geräuschlos. Sie ballern mit Pistolen herum, versuchen mit aufheulendem Motor ihr Opfer zu überfahren oder vergiften es unter Zuhilfenahme eines laut tuckernden Dieselmotors, wie zum Beispiel hier«, schloß Bärwald. Dann beauftragte er Glopper, über Funk die Leute der Spurensicherung kommen zu lassen.

Nachdem die Männer der Spurensicherung eingetroffen waren, ließ Charly sie als erstes die kleine Seitentür untersuchen, die von der Garage in den Wohntrakt führte.

Die Tür war nicht abgeschlossen, der Schlüssel steckte außen.

Er wunderte sich nicht darüber. War es doch ein Indiz mehr gegen die Selbstmordthese. Normalerweise verrammeln nämlich die Selbstmörder alle Türen, damit sie nicht vorzeitig entdeckt und gegen ihren Willen gerettet werden.

»Wer hat sie eigentlich gefunden?« fragte Bärwald den Hauptwachmeister.

»Die Mieterin im ersten Stock. Sie wollte ihr Fahrrad holen, um ihre Kleine in den Kindergarten zu bringen«, entgegnete Meierling.

»Wo ist sie jetzt?«

»Drüben«, antwortete Müller Zwo mißmutig.

»Dann wollen wir mal«, sagte Bärwald aufmunternd zu seinem Assistenten.

Sie stiegen eine steile knarrende Holztreppe hinauf. Oben empfing sie eine sehr jugendlich wirkende Frau. Ihre ungefähr vier Jahre alte Tochter stand verschüchtert hinter ihr und lutschte an einem Lolly.

Charly Bärwald zog seinen Dienstausweis, stellte Glopper und sich vor und kam ohne große Umschweife sofort zur Sache: »Sie fanden heute morgen die Tote?«

»Ja, es war schrecklich!«

»Haben Sie denn heute nacht keine Geräusche gehört? Ich meine, wenn nachts ein Motor läuft, ist das ja nicht gerade leise.«

»Wir waren über das Wochenende bei meinen Eltern und kamen erst heute morgen zurück. Mein Vater brachte uns her, weil er geschäftlich in der Stadt zu tun hatte. Er setzte uns ab und fuhr sofort weiter. Als er weg war, hörte ich in der Garage den Motor laufen. Ich wunderte mich zwar drüber, dachte mir jedoch nichts weiter dabei. Später wollte ich meine Tochter in den Kindergarten bringen und brauchte deshalb das Fahrrad. Ich öffnete das Garagentor. Der Motor lief immer noch.«

»Wohnen außer Ihnen und der Frau sonst noch Leute im Haus?«

»Nein. Wir leben hier draußen äußerst abgeschieden. Unser nächster Nachbar hat Landwirtschaft. Er wohnt drüben, auf der anderen Seite der Bundesstraße, gleich hinter dem kleinen Wald.«

»Wie hieß die Frau?«

»Elisabeth Schonert, aber jeder, der sie kannte, nannte sie Lisbeth. Sie haßte den Namen ›Elisabeth‹. Und ich denke, sie hatte recht. Elisabeth paßte nicht zu ihr.«

»Warum dachten Sie das?« fragte Charly und betrachtete die junge Frau aufmerksam.

»Sie ist, sie war«, verbesserte sie sich sofort, »so unkonventionell, wenn Sie verstehen, was ich meine. Naja, sie ist, sie war viel älter als ich, doch wir verstanden uns prächtig. Den Altersunterschied zwischen uns habe ich überhaupt nicht gemerkt. Und ich denke, es ging ihr ebenso. Ab und zu bin ich abends mal tanzen gegangen, und da hat sie auf Debby aufgepaßt. Sie tat es gerne. Ich konnte unbesorgt bis spät in der Nacht wegbleiben. Ohne sie hätte ich zu Hause bleiben müssen, denn hier draußen ist es sehr einsam.«

»Debby?«

»Debora, so heißt meine kleine Tochter. Aber wir nennen sie immer Debby.«

»Debora, ein biblischer Name. Wissen Sie, daß so die einzige Richterin in Israel hieß?« fragte Charly mit weicher Stimme.

»Natürlich, deshalb habe ich meine Tochter ja auch nach ihr benannt. Zum einen gefiel mir der Name, und zum andern imponierte mir die Richterin des Volkes Israel. Wissen Sie auch, daß Debora von Gott zur Prophetin berufen worden war?«

»Na klar!« lachte Charly Bärwald, froh, eine Glaubensschwester vor sich zu haben. »Sie sprach Recht unter einer Palme, die nach ihr benannt worden war.«

»Genau! Und dann half sie Barak, das ganze Heer des Sisera zu vernichten.«

»Mein Kompliment, Sie kennen sich ausgezeichnet aus«, lobte Charly.

»Sonst noch irgendwelche Fragen?«

Wie aus allen Wolken fallend, holte diese Frage Bärwald unversehens in die Gegenwart zurück. Er fuhr mit seiner Befragung fort: »Wie alt war Frau Schonert?«

»Zweiundvierzig.«

»War sie verheiratet?«

»Nein.«

»Hatte sie einen Freund?«

»Ab und zu.«

»Wie soll ich das verstehen?« fragte der Kommissar vorsichtig.

»Genauso wie ich es Ihnen sagte: Ab und zu hatte sie einen. Aber die verschwanden immer wieder nach relativ kurzer Zeit. Entweder war der Richtige nicht gekommen oder sie verstand es nicht, die Männer zu halten.«

»Beruf?«

»Mal diesen, mal jenen! Sie jobbte! Mal länger, mal kürzer. Sie war kein Freund von Stetigkeit.«

»Hatte sie außer Ihnen noch Freunde, Bekannte, Verwandte?«

»Soviel ich mitgekriegt habe, nur noch eine Freundin.«

»Ihr Name?«

»Renate Eisinger.«

»Wo wohnt sie?«

»Irgendwo draußen in einer der Vorstädte. Ihr Mann ist Richter oder so etwas Ähnliches.«

»Können Sie mir die Adresse sagen?«

»Nein, tut mir leid.«

»Danke, das wär's«, sagte Bärwald, steckte seinen Notizblock in seine Jackentasche und verabschiedete sich: »Falls ich noch Fragen hätte . . .?«

»Dürfen Sie jederzeit zu mir kommen.«

Sie wollte schon die Tür hinter ihm schließen, da fiel ihm noch eine wichtige Frage ein: »Hatten Sie die kleine Seitentür zum Haus aufgeschlossen?«

»Nein, weshalb?«

Charly gab ihr keine Antwort auf diese Frage, sondern fragte weiter: »Wurde sie abgeschlossen?«

»Nein, nie!«

»Danke!« Bärwald und Glopper verabschiedeten sich und gingen zur Garage zurück.

»Na, was rausgekriegt?« fragte Hauptwachtmeister Meierling, der inzwischen den Abtransport der Leiche organisiert hatte.

»Ein paar Informationen«, sagte Bärwald, »das Übliche.« Er ging zum Wagen und schaute sich ihn genauestens von innen an. Er sah nicht sonderlich gepflegt aus: Der offene Aschenbecher quoll von Kippen über, auf der Mittelkonsole lagen einige Kaugummistreifen, eine halbvolle Zigarettenpackung, zerknülltes Papier und ein paar Tüten mit Kekskrümeln; auf den gummierten Fußmatten lagen Blätter vom vergangenen Herbst, Erde, Tannennadeln und kleine Steinchen. Hinten auf der Rücksitzbank stand ein alter Katzenkorb.

»Sieht ganz danach aus, als wäre der Wagen schon lange nicht mehr gesäubert worden«, stellte er sachlich fest, wandte sich Glopper zu und sagte, daß er dafür sorgen solle, daß das Auto zur sicherheitstechnischen Untersuchung ins Polizeipräsidium gebracht wurde. Er selbst fuhr umgehend ins Präsidium zurück und ließ sich dort von seiner Sekretärin die Adresse der Renate Eisinger heraussuchen.

Zweieinhalb Stunden später streckte sein Assistent den Kopf durch die Tür: »Na, schon den Mörder unserer Selbstmörderin aufgespürt?« fragte Glopper breit grinsend und schwang sich voller Elan auf Charlys Schreibtisch.

»Bin leider immer noch mit einem unvollkommenen Puzzle beschäftigt«, antwortete der Kommissar bärbeißig.

»Ich könnte Ihnen ein wenig auf die Sprünge helfen! Die Kollegen von der Spurensicherung haben im Wagen der Toten Metallsplitter und winzige schwarze Gummipartikel gefunden. Sie meinen, Sie sollten sich das mal ansehen.«

»Was? Sagen Sie das nochmal!« Bärwald sprang auf und hastete zur Tür.

Atemlos stand er ein paar Sekunden später neben dem beschlagnahmten Wagen des Opfers.

»Wo habt ihr all das Zeug gefunden?«

»Da unten«, erwiderte der Beamte und zeigte auf den Boden des Fahrersitzes.

»Entfernen Sie bitte die Lenksäule«, bat Charly.

»Ist ja ’n Ding!« Walter Glopper stieß einen anerkennenden Pfiff aus und beugte sich von der Beifahrerseite rüber, um die zusammengeflickten Zündkabel besser sehen zu können.

»Eine tolle Idee! Darauf muß unsereiner erst kommen, was Chef!«

»Derjenige, der sich das ausgedacht hat, muß ein ziemlich schlaues Kerlchen sein«, sagte der Techniker. »Den Motor eines Wagens mit Getriebeschaltung und Kupplung hätte die Frau ohne weiteres abwürgen können, sie hätte nur irgendeinen Gang einlegen und die Kupplung kommen lassen müssen. Bei einem automatischen Getriebe hingegen ist das nicht möglich. Das heißt, sie hatte keinerlei Chance, den Motor abzustellen. Er lief und lief und lief . . .«

»Eine wahrhaft teuflische Geschichte!« Charly Bärwald konnte wegen soviel Hinterlist und Gemeinheit nur noch seinen Kopf schütteln.

»Echt raffiniert eingefädelt war das Ganze und wirklich schlau ausgeführt«, meinte Glopper.

»Schlau ja, aber nicht schlau genug, sonst wären wir ihm ja schwerlich auf die Schliche gekommen«, meinte Charly und untersuchte sorgfältig die notdürftig zusammengeflickten Kabel.

»Dies war ein bis in die letzten Einzelheiten vorbereiteter Mord! Was nun?« fragte Glopper.

»Fahren wir zu Frau Eisinger«, antwortete Bärwald.

»Muß das heute noch sein? Ich wollte eigentlich nach Hause«, meckerte Glopper.

»Bringen wir's hinter uns! Sie wissen ja: Was du heute kannst besorgen . . .«

»Ersparen Sie mir den Rest«, entgegnete Glopper und lief in sein Büro, um sich seine Jacke zu holen.

Die Eisingers lebten in einer Vorstadtsiedlung, die Ende der sechziger Jahre erbaut worden war. Das Reihenhaus mit

Flachdach sah wie ein etwas zu groß geratener Starenkasten aus. Bärwald kannte die Raumaufteilung dieser Art von Häusern: ein enges Wohnzimmer mit Eßecke, die Küche, eine Gästetoilette gleich neben der Haustür. Im ersten Stock befanden sich zwei Zimmer, dazwischen ein kleines Bad eingeklemmt. Manche der Wohnschachteln hatten noch einen zweiten Stock, den ein einziger Raum mit Terrasse ausfüllte, inklusive Wendeltreppe von unten bis oben.

Bärwald drückte auf die Klingel.

»Ja bitte?« klang eine Kinderstimme durch die Sprechanlage.

»Grüß dich! Können wir deine Mama sprechen?« fragte Glopper und grinste.

»Nein!«

»Deinen Papa?«

»Nein!«

»Bist du allein zu Hause?« Langsam verlor er die Geduld.

»Ich bin nicht zu Hause, ich bin bei meiner Tante!«

»Na schön«, seufzte Glopper und warf einen verzweifelten Blick in den dunkler werdenden Himmel. »Können wir deine Tante sprechen?«

»Nein.« Dann war nur noch heftiges Atmen zu hören.

»Weshalb nicht?«

»Sie ist nicht da!«

»Können wir dann deinen Onkel sprechen?«

»Ja.« Wieder Schweigen.

»Vielleicht heute noch?« fragte Glopper bissig, während Charly ihn aufmunternd angrinste.

Endlich ertönte der Summer.

Ein Mann etwa Anfang fünfzig bat sie – nach einem flüchtigen Blick auf Bärwalds Ausweis – einzutreten und führte sie ins Wohnzimmer.

Es war genauso, wie Charly es sich vorgestellt hatte: eng

und düster. Ein etwa siebenjähriger Knirps folgte ihnen.

»Herr Eisinger?« fragte Glopper, und nachdem dieser zustimmend nickte, bat er, den Jungen rauszuschicken.

Äußerst widerwillig und sehr, sehr langsam trollte er sich.

»Das Kind meiner Schwester«, erklärte Herr Eisinger. »Manchmal kann er einen ziemlich nerven.«

»Das glaube ich Ihnen sofort«, antwortete Glopper mit eisiger Miene.

»Kennen Sie eine Frau namens Elisabeth Schonert?« kam Bärwald, nachdem er und Glopper sich in das zweisitzige Sofa gequetscht hatten, umgehend zur Sache.

»Natürlich, sie ist die Freundin meiner Frau. Wieso, ist etwas passiert?« Beunruhigt blickte Herr Eisinger sie an.

»Es tut uns leid, Ihnen mitteilen zu müssen, daß Frau Schonert tot ist«, antwortete Bärwald mit ehrlichem Bedauern.

»Ach du grüne Neune! Ich wußte ja, daß das eines Tages so kommen mußte.«

»Warum?« fragte Bärwald knapp.

»Lisbeth wurde irgendwie mit dem Leben nicht mehr fertig! Vor ungefähr anderthalb Jahren kündigte sie von heute auf morgen ihren Job, ohne irgendeinen zwingenden Grund. Deswegen erhielt sie in den ersten sechs Wochen auch keine Arbeitslosenunterstützung. Sie hatte keinerlei Ersparnisse. Ihr Bankkonto geriet im Laufe der Zeit immer mehr ins Minus. Eines Tages bekam sie von der Bank keinen Pfennig mehr, da wandte sie sich an meine Frau. Wir liehen ihr einen recht beachtlichen Betrag, damit sie wieder auf die Reihe kam. Doch anstatt ihre Schulden zu begleichen, kaufte sie sich von dem Geld einen alten Daimler. Ich fand ihre Handlungsweise nicht in Ordnung, zumal sie seitdem jede Woche – immer wieder freitags – bei uns auftauchte, um sich erneut Geld zu leihen. Bisher hatte sie allerdings noch keinen roten Heller zurückbezahlt. Naja, jetzt kann ich wohl ihre Schulden bei uns mit schwarzer Kreide in den Schornstein schreiben. Sei's drum!«

»Weshalb unterstützten Sie sie?« fragte Glopper verständnislos, der es sich seit seiner frühesten Kindheit zur Maxime gemacht hatte, nur soviel Geld zu verleihen, wie er im Falle eines möglichen Verlustes – unbeschadet seiner eigenen finanziellen Verhältnisse – gerade noch verkraften konnte. Im Klartext hieß das für ihn, daß er von vornherein immer damit rechnete, das Geliehene nicht mehr zurückzubekommen.

»Meine Frau ist eine Seele von Mensch und hat es bisher nicht gelernt, auch einmal nein zu sagen. Du meine Güte, wie bringe ich ihr nur bei, daß Lisbeth sich selbst umgebracht hat?«

»Frau Schonert hat nicht Hand an sich gelegt«, sagte Bärwald.

»Hatte sie einen Verkehrsunfall?« fragte Eisinger verblüfft.

»So könnte man es auch nennen«, erwiderte Glopper sarkastisch.

»Welchen Beruf haben Sie?« fuhr Bärwald mit der Befragung fort.

»Ich bin seit über zwanzig Jahren Richter am Amtsgericht. Ich weiß, wie schnell es gehen kann, daß jemand abrutscht und sozusagen vom Pfade der Tugend abkommt. Und irgendwann steht er vor meinem Richtertisch. Lisbeth war nahe daran, ihre Wohnung zu verlieren. Wissen Sie das? Im letzten Jahr zahlte sie nur unregelmäßig die Miete, und hin und wieder wurde ihr sogar das Telefon abgestellt, weil sie die Rechnungen nicht beglich.«

»Danke, daß Sie so freundlich waren, unsere Fragen zu beantworten«, sagte Charly und erhob sich.

»Keine Ursache«, entgegnete der Richter und begleitete sie zur Tür.

»Geld«, rief Glopper plötzlich, als Bärwald den Dienstwagen in den Hof des Polizeipräsidiums steuerte. »Laut Aussage des Richters hatte Frau Schonert nie viel Geld! Also konnte sie logischerweise auch nicht viel für Treibstoff ausgeben. Nach der vorläufigen Diagnose des Polizeiarztes zu schließen, trat der Tod – grob über den Daumen gepeilt – gegen 20.30 Uhr ein. Erinnern Sie sich noch an die Aussage der jungen Frau? ›Der Motor lief immer noch!‹ Morgens, Chef!«

»Hallo, hallo, herzlichen Glückwunsch! Ihre grauen Zellen scheinen ja wieder gut zu funktionieren!« lachte Charly Bärwald, stellte den Motor ab und stieg aus. »Was ist, sollen wir uns oben noch eine Tasse Kaffee machen?«

»Bloß eine Tasse? Nein! Eine ganze Kanne! Die Story beginnt mich zu interessieren. Wär' doch gelacht, wenn wir dem Mörder nicht auf die Spur kommen.«

»Die Spur alleine nützt nichts! Wir müssen ihn überführen! Dazu brauchen wir das Motiv sowie eine lückenlose Beweiskette«, sagte Bärwald.

»Wenn ein Dieselmotor eine ganze Nacht durchläuft, verbraucht er nicht gerade wenig Treibstoff. Folglich muß der Täter den Tank aufgefüllt haben. Die Frage, ob er es vor ihrem Tod oder hinterher tat, ist ohne Belang. Aber daß er es tat, ist wichtig, denn daraus schließe ich, daß er mit ihren finanziellen Verhältnissen vertraut gewesen sein mußte«, fuhr Glopper in seinen Überlegungen fort, während Charly die Kaffeemaschine in Gang setzte.

»Stop! Sie verrennen sich in eine fixe Idee! Passen Sie auf, Glopper, Ihre finanziellen Verhältnisse spielen absolut keine Rolle. So wie der Mord geplant und ausgeführt wurde, können wir von vornherein annehmen, daß der Täter Diesel in einem Kanister mitbrachte. Kein Mensch, der solch eine Tat vorhat, verläßt sich darauf, daß sein Opfer für den Treibstoff sorgt.«

»Okay, das hab' ich kapiert: Die Mitnahme von Sprit war eine Voraussetzung, daß der Mordplan in die Realität umgesetzt werden konnte. Was folgern Sie daraus?« Glopper blickte Bärwald erwartungsvoll an.

»Ganz einfach: Der Bursche muß an einer Tankstelle Diesel in einen Kanister abgefüllt haben!«

»Und wenn nicht?«

»Dann war dieser Mord so genial, daß der Täter straffrei ausgeht! Doch das glaube ich nicht. Aus jahrzehntelanger Erfahrung weiß ich, daß es den perfekten Mord nicht gibt. Irgendeine Schwachstelle ist selbst im genialsten Plan vorhanden!«

»Klappern wir also alle Tankstellen der Umgebung ab. Ist zwar nur eine winzige Chance, aber wir sollten sie nutzen«, meinte Glopper und füllte seinen Kaffeepot.

»So winzig, wie Sie meinen, ist unsere Chance nicht. Angenommen, der Täter hat einen normalen Benziner . . .«

»Das wäre die Sache, was?« unterbrach ihn Walter Glopper begeistert. »Mensch, das wär' die Show!«

Zwei Tage später betrat Glopper glücklich Bärwalds Büro: »Chef, ich bin fündig geworden! Ungefähr fünfzig Kilometer von hier hat ein Tankstellenbesitzer ausgesagt, daß ein BMW-Fahrer bleifreies Benzin getankt und dazu noch Diesel in einen Kanister abgefüllt hat.«

»Na, das ist ja wunderbar! Konnten Sie auch in Erfahrung bringen, welches Kennzeichen der BMW hatte?«

»Nein, der Tankwart konnte sich bloß an die Farbe erinnern: Dunkelblau!«

»Ausgezeichnet! Sehen wir mal nach, was für ein Auto der Richter in seiner Garage stehen hat!«

»Wie bitte? Wie kommen Sie denn auf den Richter?«

»Als wir bei ihm waren, stand für ihn fest, daß Frau Schonert nur durch Freitod aus dem Leben geschieden sein konnte. Erinnern Sie sich daran? Das war sein Fehler! Ich sagte ihm nämlich nur, daß sie tot sei.«

»Aber was ist denn mit dem Motiv?«

»Ich war in der Zwischenzeit auch nicht untätig, ließ seine Vergangenheit durchleuchten und bekam heraus, daß er über den zweiten Bildungsweg hochgekommen war. Und nun raten Sie mal, was er davor gelernt hatte?«

»Wie, doch nicht etwa . . .?«

»Genau! Nach der Volksschule machte er eine Mechanikerlehre!«

»Das ist nicht wahr!«

»Doch!«

»Fehlt uns nur noch sein Motiv.«

»Damit kann ich auch dienen«, entgegnete Bärwald, rieb sich fröhlich die Hände und fuhr erklärend fort: »Paul Eisinger wollte seit frühester Jugend Richter werden. Sein Vater war im Krieg gefallen, seine Mutter verdiente als Verkäuferin zu wenig, um ihm den Besuch eines Gymnasiums zu ermöglichen. Deshalb machte er eine Lehre und ging nebenbei auf ein Abendgymnasium. Nachdem er das Abitur hatte, studierte er Jura. In den Anfangssemestern mußte er immer wieder sein Studium unterbrechen, um sich seinen Lebensunterhalt zu verdienen. Eines Tages jedoch lernte er seine Frau kennen. Renate brach ihr Studium ab und sorgte für ihren gemeinsamen Lebensunterhalt. Ihre Freundin hieß Elisabeth Schonert. Sie beendete zwar ihr Studium, übte aber ihren Beruf nicht aus, sondern jobbte nur.«

»Na und? Das ist doch noch lange kein Grund, sie umzubringen«, warf Glopper ein.

»Sagen Sie! Lassen Sie nicht die menschliche Psyche außer acht: Wie würden Sie reagieren, wenn Ihre Frau – unter Entbehrungen wohlgemerkt – Ihren Lebensunterhalt während Ihres Studiums finanziert hätte und Jahre später plötzlich eine Freundin auftauchen würde, die alle Voraussetzungen zu einer Spitzenkarriere mitbringt, sie dummerweise aber nicht genutzt hatte. Sie würden sich ärgern! Doch dann kommt sie und bittet Ihre Frau um Hilfe. Sie lassen sich erweichen, leihen ihr einen großen Betrag, damit sie ihre Schulden los ist. Und was tut sie? Sie kauft sich von Ihrem schwer erschufteten Geld ein Auto. Sie hätten vielleicht nichts dagegen gehabt, wenn Sie gesehen hätten, daß sie sich bemüht, es wieder zurückzuzahlen. Ist aber nicht! Im Gegenteil: Nun taucht sie in schöner Regelmäßigkeit jede Woche bei Ihrer Frau auf, und jedesmal müssen Sie einen Scheck ausstellen. Irgendwann fangen Sie an nachzudenken! Der Richter hatte nachgedacht und kam zu dem Ergebnis, daß es billiger wäre, sie zu ermorden, als jahrelang nur zu zahlen und zu zahlen und zu zahlen und . . .«

»Hören Sie schon auf! Ich hab' es verstanden! Mord aus Notwehr?«

»So ungefähr. Machen Sie sich auf die Socken, stellen Sie fest, welchen Autotyp und welche Farbe sein Wagen hat«, erwiderte Bärwald.

»Armer Kerl, kriegt er wenigstens mildernde Umstände?« fragte Glopper voller Mitleid.

»Das wäre ja noch schöner! Vergessen Sie nicht: Auch Richter sind nur Menschen. Sie sollen im Namen des Volkes Recht sprechen und haben sich verpflichtet, nach den Gesetzen zu ver- und zu beurteilen. Richter von eigenen Gnaden gibt es nicht.«

»Da wäre ich mir an Ihrer Stelle nicht so sicher«, antwortete Glopper grinsend, rutschte vom Fensterbrett, auf dem er gesessen hatte, und verließ Bärwalds Büro. Ehe er jedoch die Tür hinter sich zuzog, fragte er noch: »Was soll ich machen, wenn der Richter keinen dunkelblauen BMW hat?«

»Er hat! Und bringen Sie ihn her.«

»Den BMW?« fragte Glopper schmunzelnd.

»Beide«, antwortete Bärwald völlig humorlos, »den Richter zu mir und den Wagen in die Tiefgarage zur technischen Überprüfung. Und – falls Sie einen Benzinkanister finden, lassen Sie ihn nicht stehen. Nehmen Sie ihn mit. Es könnte ja sein, daß wir darin Reste von Diesel finden!«

»Okay, Boß!«

Kurz nach halb drei kam Walter Glopper wieder.

»Raten Sie mal, wen ich mitgebracht habe!« fragte er vergnügt und fügte, ohne eine Antwort abzuwarten, hinzu: »Der Richter hat einen dunkelblauen BMW, und in seinem Benzinkanister befinden sich einige Tropfen Diesel.«

»Na also, wieder kein perfekter Mord! Ich hab es Ihnen doch gleich gesagt! Führen Sie ihn herein.«

»Geht klar, Chef. Aber er hat mir unterwegs angedroht, kein Wort ohne seinen Anwalt zu sagen.«

»Lassen wir es darauf ankommen«, knurrte Bärwald, drückte auf den Knopf der Gegensprechanlage und bat seine Sekretärin, Kaffee reinzubringen.

»Möchten Sie auch eine Tasse Kaffee?« fragte er den Richter, der gerade von Glopper hereingebracht wurde.

»Ja, danke!«

Während Walter den Stuhl vor Bärwalds Schreibtisch zurechtrückte, den Richter bat, Platz zu nehmen, sich selbst auf das Fensterbrett schwang, und alle zusahen, wie Frau Bergmann die Tassen verteilte und den dampfenden Kaffee eingoß, holte der Kommissar tief Luft und begann, dem Richter zugewandt:

»Sagen Sie jetzt bitte nichts Unüberlegtes und ersparen Sie sich und uns jede Art von Lügen. Hören Sie mir zuerst einmal zu: Vor einigen tausend Jahren hatten die Richter im Volk Israel die Aufgabe, Menschen zu leiten, vor deren Feinden zu retten und Recht zu sprechen – Recht auf der

Grundlage der Zehn Gebote, die das Volk von Gott erhielt. Sie waren also Richter von Gottes Gnaden. Sie, Herr Eisinger, schwangen sich zum Richter über Leben und Tod aus eigenen Gnaden auf!

Unseren Recherchen und den bei Ihnen gefundenen Beweisen nach waren Sie es, der die Freundin Ihrer Frau ermordete!«

Charly legte eine winzige Pause ein, ehe er fortfuhr: »Sie haßten Frau Schonert, weil sie immer wieder freitags zu Ihnen und zu Ihrer Frau kam, um sich Geld von Ihnen zu leihen. Irgendwann wurde es Ihnen zuviel, so sannen Sie auf Abhilfe. Die einfachste Art, sich dieses Problems zu entledigen, war die Vernichtung desselben. Als ehemaliger Mechaniker kannten Sie sich ausgezeichnet mit Autos aus. Sie wußten, wie Sie ein Auto kurzschließen konnten; Ihnen war auch bekannt, daß ein auf solche Art zum Laufen gebrachtes Automatikgetriebe selbst mit einem Schlüssel im Zündschloß nicht mehr auszuschalten war. Also setzten Sie den Motor in Gang, verschlossen von außen das Garagentor, warteten, bis Frau Schonert die Garage betrat, und sperrten dann auch die kleine Seitentür zu. Nachdem Sie sicher sein konnten, daß Frau Schonert nicht mehr lebte, öffneten Sie das Garagentor, eilten hinein und rissen die zuvor kurzgeschlossenen Kabel wieder auseinander. Danach warteten Sie eine Weile, bis sich das tödliche Gas verflüchtigt hatte, klemmten die Kabel wieder zusammen, steckten den Schlüssel, den Sie bei der Toten fanden, ins Zündschloß, starteten den Motor und verließen die Garage. Eines hatten Sie jedoch nicht beachtet bei Ihrem Mord, der wie ein Selbstmord aussehen sollte: Selbstmörder pflegen gewöhnlich die Türen von innen zu verschließen, damit sie nicht rechtzeitig und wider Willen ›gerettet‹ werden.«

»Sie haben keinerlei Beweise gegen mich«, erwiderte der Richter arrogant.

»Sehe ich nicht so«, antwortete Glopper. »In Ihrem Reservekanister fanden wir Diesel. Sie fahren einen Benziner. Wie können Sie uns das erklären?«

»Ich habe ein hieb- und stichfestes Alibi. Fragen Sie meine Frau. Ich war den ganzen Abend in meinem Arbeitszimmer! Und was den Diesel betrifft, da muß ich wohl an der Tankstelle aus Versehen . . .«

» . . . den falschen Zapfhahn erwischt haben!« vollendete Bärwald seinen Satz.

»Ja, kann doch mal vorkommen, nicht?«

»Natürlich«, mußte Charly zähneknirschend zugeben. Fast hätte er den Burschen an der Angel gehabt. Nun sah es so aus, als würde er locker vom Haken springen.

»Die Tatsache, daß Sie Diesel anstatt bleifreies Benzin erwischten, ist nicht besonders relevant«, sagte Glopper lässig, »aber daß wir Ihre Fingerabdrücke fanden, dürfte Sie doch etwas nachdenklich stimmen, oder?«

›O Glopper, nicht schon wieder diesen Uralttrick!‹ dachte Bärwald und war nahe daran auszurasten.

»Sie versuchen, mich reinzulegen«, sagte der Richter leicht verunsichert.

Glopper schüttelte den Kopf: »Nichts läge mir ferner.«

»Ich habe ein Alibi! Fragen Sie meine Frau. Ich war den ganzen Abend daheim.«

»Waren Sie nicht!«

»Ach nein?«

»Nein! Ich glaube, wir haben den Fall gelöst. Tut mir leid, daß es nicht der perfekte Mord war!«

»Und weshalb nicht?«

»Deshalb«, erwiderte Glopper, griff in seine Jackentasche und holte eine Handvoll Papierschnipsel hervor. »Das war einmal ein Scheck. Sie stellten ihn am Freitag aus.«

»Na und?«

»Frau Schonert konnte ihn an jenem Tag nicht mehr

einlösen, weil die Banken schon geschlossen hatten.«

»Ihr Pech.«

»Nein, diesmal war es Ihres. Ein Fremder, Dieb oder Raubmörder, hätte den Scheck klammheimlich eingelöst und nicht in Dutzende von Stückchen zerrissen.«

»Meine Güte, sie hatte das Ding einfach in ihre Handtasche gestopft.«

»Und Sie? Sie entdeckten den Scheck – selbstverständlich rein zufällig, zerrissen ihn und warfen die wertlosen Papierfetzen in den Mülleimer.«

Eisinger schien nun völlig gebrochen. »Mein Gott«, stöhnte er. »Mein Gott!«

»Ihr Gott? Mag ja sein. Aber mein Gott hat für solche Spielchen nichts übrig«, sagte Charly Bärwald, drückte erleichtert auf den Knopf der Gegensprechanlage und sagte: »Schickt bitte zwei Beamte herauf, wir haben einen neuen Fall für den Staatsanwalt!«

Kreuzdame

Von seinem Bürofenster aus beobachtete Erich Sundermann, wie sein Kompagnon die Werkstatthalle verließ, über den Hof ging und in seinen metallic-blauen BMW stieg. Kurz darauf sah er, wie sich das elektrische Tor öffnete, Hans Vogler einen Moment anhielt, um sich wenig später in den Stop-and-go-Verkehr der Bundesstraße einzufädeln.

Zufrieden rieb sich Erich die Hände, drückte auf den Knopf der Gegensprechanlage und bestellte eine Tasse Kaffee.

»Dauert noch einen Augenblick«, antwortete seine Sekretärin, »er läuft gerade durch.«

»In Ordnung!« erwiderte er, und ein glückliches Lächeln huschte um seine schmalen Lippen, während er sich wieder dem Computerausdruck mit den zu bestellenden Ersatzteilen zuwandte.

Doch so recht war er nicht bei der Sache. Im Geiste saß er mit in Voglers Wagen: Er fuhr die Bundesstraße 27 entlang bis zur Kreuzung, ordnete sich hinter dem städtischen Tierheim ganz links ein, wartete, bis die Ampel auf grün schaltete, legte den ersten Gang ein, nahm die scharfe Kurve, achtete darauf, daß er nicht versehentlich die Einfahrt zur Computerfirma erwischte, schaltete über den zweiten in den dritten Gang, wollte an der leichten Rechtskurve abbremsen, fand keinen Widerstand, sah das Schild mit dem Hinweis auf die 8 % Gefällstrecke, der Wagen beschleunigte, Vogler trat wieder und wieder auf die Bremse – keine Reaktion. Der Tacho zeigte 90 km/h! Mit dieser Geschwindigkeit würde er unmöglich die Haarnadelkurve nehmen können . . . die Mauer der Brücke über den Bahngleisen näherte sich unaufhaltsam ... ein trockener, dumpfer Ton – der Aufprall ...

Erich wurde aus seinen Gedanken aufgeschreckt: Frau Heinrich stand im Raum, eine Tasse in der Hand: »Entschuldigung, ich habe mehrmals geklopft, aber Sie ...«, sagte sie und stellte den Kaffee auf seinen Schreibtisch.

»Schon gut, stellen Sie den Kaffee ... oh danke!« Ohne aufzublicken, blätterte er in seinen Unterlagen.

»Sonst noch was?« fragte sie, geräuschlos zur Tür gehend.

»Nein, Sie können Feierabend machen«, erwiderte er, griff automatisch zur Tasse und führte sie zum Mund.

»Vorsichtig, er ist ...«

›Heiß‹ wollte sie sagen, doch ihre Warnung kam zu spät. Erich hatte sich bereits verbrüht.

»Verdammt, wie oft soll ich Ihnen noch sagen ...«, polterte er los und setzte die Tasse hart auf die Untertasse zurück.

»Entschuldigung, ich dachte ...«

»Wenn Sie schon mal denken«, entgegnete er mürrisch und vertiefte sich gleich wieder in seine Unterlagen. Frau Heinrich zog leise die Tür hinter sich zu. Fünf Minuten später verließ sie die Firma. Erich bemerkte es nicht. Er hatte inzwischen mit Bleistift einige dringend benötigte Ersatzteile angekreuzt und starrte zwischendurch immer wieder auf's Telefon. Bald mußte doch der Anruf kommen, der Anruf von der Polizei, die ihm mitteilen würde, daß Hans mit seinem Wagen verunglückt war ... Ein flüchtiger Blick auf seine Armbanduhr genügte, um zu wissen, daß Vogler zu diesem Zeitpunkt höchstwahrscheinlich nicht mehr unter den Lebenden weilte.

Das war wahnsinniges Glück gewesen, daß er auf die Annonce in der Tageszeitung gestoßen war. Gedankenverloren kritzelte er ein Strichmännchen nach dem anderen auf den Rand des grüngestreiften Computerblattes. Ihre Stimme hatte weich und sympathisch geklungen, als er sich telefonisch mit ihr verabredete. Weil einer ihrer Kunden kurzfristig abgesagt hatte, konnte er schon am nächsten Tag zu ihr kommen.

»Was denn, kein abgedunkelter Raum, kein Rabe, keine Kristallkugel?« hatte er sie schmerzhaft – aber dennoch irgendwie verwundert – gefragt, als sie ihn in einen hellen Raum führte. »Ich bin Kartenlegerin und keine Hexe«, hatte sie mit einem hintergründigen Lächeln entgegnet und auf den altertümlichen Ohrensessel gewiesen. Er setzte sich ihr gegenüber, die Tür im Rücken, und sah gespannt zu, wie sie den Stapel Karten von der Mitte des Tisches nahm und sie flink mischte.

»Heben Sie bitte ab!«

Erich schüttelte stumm den Kopf.

Sie teilte die Karten in drei Häufchen: »Mit welchem soll ich beginnen?«

»Ich weiß nicht . . .«

Sie lächelte ihn an, zögerte einen Moment, nahm schließlich den rechten Stapel, von ihm aus gesehen war es der linke, und legte die Karten mit dem Deckblatt nach oben aus. Danach verschränkte sie ihre Hände, legte sie unter ihr Kinn und stützte sich mit den Ellenbogen auf der Tischplatte ab. Lange, unendlich lange blickte sie schweigend auf die Karten. Es war totenstill, nur das leise Ticken der Wanduhr war zu hören. Er hielt den Atem an. Das Tikken wurde lauter. Geräuschlos ließ er die Luft aus seiner Lunge entweichen. Sie bemerkte es trotzdem und warf ihm einen mißbilligenden Blick zu. Er schaute verlegen auf seine blank polierten Schuhe, wartete ungeduldig, daß sie endlich sprechen würde.

Aber sie schwieg. Nur das Ticken der Uhr wurde immer

lauter, schien den ganzen Raum auszufüllen, steigerte sich zu einem Crescendo.

Plötzlich spürte er einen kühlen Hauch, bekam eine Gänsehaut und merkte, wie seine Handflächen feucht wurden. Unruhig rutschte er im Sessel hin und her. Sein Herz begann stärker zu klopfen, kalter Schweiß rann ihm über die Stirn, den Nacken, am Hals hinunter. Verdammt, warum sagte sie nichts? Hatte sie eine schlimme Nachricht für ihn? Verrieten ihr die Karten gar seinen Tod? Erichs Herz begann zu rasen, er fühlte, wie sein Hemd unter den Achselhöhlen naß wurde, lockerte seine Krawatte, stellte dabei fest, daß seine Hände zitterten ... Wäre er doch bloß nicht zu dieser Frau gegangen ... Verrückte Idee, was wollte er eigentlich hier? Wahrsager, Kartenleger, Hellseher – alles Scharlatane, sie gehörten allesamt eingesperrt. Ja, in den Knast gehörten sie. Die gaben vor, die Zukunft voraussagen zu können. Und solche Idioten wie er flogen auf ihre Tricks herein. Das ist doch alles Humbug, Aberglaube, finsteres Mittelalter ...

Er wollte aufstehen und einfach aus dem Raum gehen. Da drehte die Kartenlegerin eine Karte um und begann wie in Trance zu reden: »Ein Mann hat sich in Ihr Vertrauen geschlichen, wird Sie geschäftlich ruinieren, Ihrem Leben ein unrühmliches Ende bereiten ...«

Erich lachte trotzig auf: »Das ist doch absoluter Quatsch! Mein Kompagnon und ich führen ...«

» ... die Autowerkstatt bereits seit sechs Jahren gemeinsam«, vollendete sie seinen Satz.

»Woher wissen Sie?« stammelte er und schaute die junge Frau ungläubig an. Ohne seine Frage zu beantworten, wendete sie die zweite Karte: »Am vergangenen Montag ist er nach Zürich geflogen.«

Erichs Gedanken wirbelten auf einmal wild durcheinander: Montag war Hans nicht in den Betrieb gekommen, war beim Arzt gewesen, angeblich hatte er einen Virus erwischt. Am nächsten Tag allerdings erschien er putzmunter ...

»Mit einem schwarzen Aktenkoffer vielleicht?« fragte er ins Blaue hinein und grinste die Kartenlegerin herausfordernd an.

Sie drehte die dritte Karte um: »Mit einem schwarzen Aktenkoffer voller Schwarzgeld«, antwortete sie gleichgültig. »Er hat es auf ein Nummernkonto für sich deponiert!«

»Sie lügen«, schrie er unbeherrscht, sprang auf, warf einen Hunderter auf den Tisch, rannte wie von Sinnen zur Tür hinaus, durch den Garten, die kleine Seitenstraße entlang. Als er zur Hauptstraße kam, fiel ihm ein, daß er ja mit seinem Wagen gekommen war. Er kehrte um und ging langsam zurück.

»Verdammtes Weib, die macht mich mit ihrem saublöden Hokuspokus noch ganz meschugge!« Dennoch war er irgendwie beunruhigt. Woher wußte die Kartenlegerin von ihrem Schwarzgeld? Außer ihm und Hans wußte kein Mensch davon. Nicht einmal Frau Heinrich ahnte, daß so manche Einnahme nicht über die Bücher lief. Diejenigen Kunden, die ihre Reparaturen nicht steuerlich absetzen konnten, zahlten bar und sparten so einiges. Eine Ampel zeigte rot, er hielt und warf einen Blick auf die Uhr im Armaturenbrett: Halb vier! Wenn er sich beeilte, konnte er noch kurz bei der Bank vorbeifahren. Als die Ampel auf grün umschaltete, fuhr er auf direktem Weg nach Hause, holte aus seiner Nachttischschublade den Safeschlüssel und lenkte den Wagen wie hypnotisiert weiter zur Bank. Er schaffte es gerade noch. Ein freundlicher Bankangestellter geleitete ihn – obwohl es schon fünf vor vier war – nach unten in den Tresorraum, öffnete mit seinem Schlüssel das Schließfach und verschwand dann wieder diskret nach oben.

Erich nahm die Kassette heraus, schob mit fahrigen

Händen den silberfarbenen Deckel zur Seite und erstarrte: Die Blechdose war leer.

Wie betäubt verließ er die Bank, wollte voller Zorn spontan zu Vogler fahren, um ihn zur Rede zu stellen. Doch mitten auf dem Weg dorthin begannen seine grauen Zellen automatisch zu arbeiten: Was, wenn Hans ihm in seiner sachlichen Art erklärte, er hätte das Geld nach und nach in Aktien angelegt. Dem konnte er nichts entgegensetzen, denn seit über drei Jahren war er nicht mehr am Schließfach gewesen. Nein, er mußte herausbekommen, ob Hans wirklich am letzten Montag in Zürich war. Traf das zu, hätte er der Kartenlegerin Unrecht getan ...

»... und dann wollte ich nicht in deiner Haut stecken, Hans«, knirschte er wütend zwischen den Zähnen hervor.

Ein Telefonat mit dem Reisebüro in der nahen Kreisstadt verlief negativ. Vorsichtshalber ließ er sich jedoch die Namen sämtlicher Fluggesellschaften durchgeben, die montags von Stuttgart nach Zürich flogen. Bereits bei der zweiten Airline wurde er fündig: »Ja, ein Herr Vogler hat am Montag, den 12. September, einen Platz in unserer Linienmaschine gebucht«, bestätigte eine freundliche Stimme seine schlimmsten Befürchtungen.

Überzeugt, daß der Rest dessen, was ihm die Kartenlegerin vorhergesagt hatte, auch stimmte, sann er auf eine Lösung seines Problems. Er mußte Hans erledigen, bevor dieser ihm – wie im Falle des Schwarzgeldes – zuvorkam ...

Was hatte sie ihm geweissagt? Er würde ein unrühmliches Ende nehmen? Nein, er wollte wirklich noch nicht sterben, dazu liebte er das Leben viel zu sehr. Das Leben, die Liebe, seine Freiheit ...

Erich war unverheiratet, sein Leben lang Junggeselle geblieben, obwohl er manchmal nahe daran gewesen war, den

Bund für's Leben zu schließen. Doch hatte er immer im letzten Augenblick einen Rückzieher gemacht. Lebenslänglich wollte er sich nicht an eine einzige Frau gebunden fühlen . . .

Und was seinen fünfzigprozentigen Anteil an der Firma betraf: Irene, seine Schwester, hatte für ausreichend Nachwuchs gesorgt. Jens, sein ältester Neffe, studierte Maschinenbau und würde danach in den Betrieb einsteigen. An einem hoffnungsvollen Erben mangelte es ihm also nicht. Wollte Vogler ihn ausbooten? seine Hälfte für sich alleine behalten? Hans war doch auch nicht verheiratet. Wer sollte denn nach ihrer beider Tod die Firma weiterführen, wenn nicht Jens? Das war doch längst unter ihnen besprochen gewesen.

Steckte vielleicht eine Frau dahinter? War Hans etwa so naiv zu glauben, daß er in seinem Alter noch die große Liebe finden würde? Die große Liebe, die bloß auf die Bankkonten scharf war? Verrückt, wieso konnte Hans nicht seine Finger von den Weibern lassen? Mit 57 hatte er doch keine reelle Chance mehr! Selbst mit allem Schwarzgeld der Republik nicht. Vermutlich hatte es eine einzige Frau fertiggebracht, Hans' Gehirn so zu vernebeln, daß dieser nur noch ein Ziel kannte: ihn zu vernichten! Na, dem hatte er jetzt einen Riegel vorgeschoben. Endgültig und für alle Zeit! Verständlich!

Es hätte keinen anderen Weg gegeben!

Ich oder du, war die Frage gewesen.

Im Fall der Fälle hätte sich doch jeder Mensch für das eigene Überleben entschieden!

Der schrille Ton der Glocke riß ihn aus seinen Gedanken.

Es dauerte eine ganze Weile, bis er auf den Knopf der Sprechanlage drückte: »Ja?«

»Kriminalpolizei, bitte machen Sie auf!«

Erich betätigte den Türöffner und ging zum Eingang. Zwei Männer in Zivil kamen um die Ecke des Bürogebäudes: »Herr Sundermann?«

»Ja? Kommen Sie doch rein«, sagte Erich freundlich und wollte vorgehen.

»Nicht nötig, wir sind gekommen, um Sie mitzunehmen«, antwortete Glopper und zeigte ihm seinen Dienstausweis.

»Mitnehmen? Wohin?« fragte er und blickte auch kurz auf den Ausweis des anderen Kriminalbeamten.

»Aufs Kommissariat. Ein gewisser Hans Vogler hat Anzeige gegen Sie erstattet. Sie sind verhaftet!«

»Wie bitte?«

»Verhaftet wegen versuchten Mordes«, entgegnete Charly Bärwald kühl.

»Wegen versuchten Mordes?« Erich tat überrascht.

»Kommen Sie mit! Und machen Sie uns keine Schwierigkeiten«, sagte Glopper.

»Moment mal, haben Sie einen Haftbefehl?«

Der Kommissar schüttelte verneinend den Kopf, zog jedoch aus einem größeren braunen Briefumschlag ein paar Fotos heraus und reichte sie ihm: »Genügen Ihnen die Bilder vorerst als Beweis?«

Ungläubig starrte Sundermann auf das oberste: Es zeigte ihn, wie er sich an der Bremsleitung eines Autos zu schaffen machte. Verdammt, wie kamen sie zu diesen Bildern?

»Also, was ist? Kommen Sie nun freiwillig mit oder müssen wir warten, bis der Haftbefehl von einem Kollegen vorbeigebracht wird?« fragte Glopper und baute sich drohend vor Sundermann auf.

»Wie, wie . . .?« fragte dieser stotternd und wurde weiß wie eine frisch getünchte Wand.

»Die Aufnahmen machte Ihr Kompagnon mit versteckter Kamera«, beantwortete Bärwald seine unausgesprochene Frage.

Beim Verhör im Präsidium gab Erich Sundermann alles zu und verschwieg auch nicht seinen Besuch bei der Kartenlegerin. Nachdem sein Geständnis unterschrieben und er abgeführt worden war, meinte Bärwald: »Ist schon komisch, daß die Kartenlegerin von dem Schwarzgeld sowie der Reise nach Zürich wußte.«

»Kann doch möglich sein«, erwiderte Glopper locker grinsend, »es gibt eine ganze Menge Dinge zwischen Himmel und Erde . . .«

»Quatsch!« unterbrach ihn der Kommissar unwirsch. »Das ist doch alles Lug und Trug! Quacksalber sind hier am Werk gewesen! Aus simplen Karten kann niemand die Zukunft eines anderen Menschen herauslesen. Wie sollte das denn funktionieren?«

»Keine Ahnung, ich kenne mich in diesem Metier leider nicht aus.«

»Ich auch nicht! Doch eines weiß ich sicher: Bei Jeremia 29, Vers 8, steht: ›Laßt euch nicht täuschen von den Propheten, die unter euch sind, und von euren Wahrsagern. Hört nicht auf die Träume, die sie träumen.‹ Und in Vers 9 heißt es weiter: ›Denn Lüge ist das, was sie euch in meinem Namen weissagen; ich habe sie nicht gesandt.‹ Das zum Thema! Wenn Gott also gewollt hätte, daß jeder Mensch seinen Lebensweg von seiner Geburt bis zum Tode kennt, hätte er gewiß niemanden von uns darüber im unklaren gelassen. Und ganz sicher würde er keine zweifelhaften Subjekte dazu benötigen, die andere in Angst und Schrecken versetzen und . . .« Bärwald hielt mitten im Satz inne und dachte gründlich über seine spontanen Worte nach. Gespannt wartete Glopper. Er wußte, es würde nicht allzu lange dauern, bis Charly weiterredete. Und das tat dieser schneller, als Glopper es vermutet hatte: »Ja, irgendwie hab' ich das untrügliche Gefühl, daß mehr dahintersteckt als ein windiger Taschenspielertrick! Bitte lassen Sie sich von unserem Beinahmörder die Anschrift dieser Person geben!«

»Was? Jetzt? Eigentlich wollte ich . . .«

» . . . nach Hause gehen«, vollendete der Kommissar mit breitem Grinsen.

»Woher wissen Sie, was ich sagen wollte? Sind etwa auch Sie unter die Hellseher gegangen?« fragte Glopper scherzhaft.

»Nein, ist nicht nötig! Die pure Menschenkenntnis reicht da völlig aus!« erwiderte Charly vergnügt lachend, blätterte im Vernehmungsprotokoll herum und schien gleich darauf alles um sich herum vergessen zu haben.

Eine Stunde später rauschte Hannelore Wagenbach in Bärwalds Büro. Der aufdringliche Geruch ihres schweren Parfums veranlaßte ihn – gleich nach der ziemlich frostigen Begrüßung –, die Fenster aufzureißen.

»Was verschafft mir die zweifelhafte Ehre?« fragte sie spitz, ließ sich unaufgefordert auf einen der Stühle vor seinem Schreibtisch nieder, schlug die Beine übereinander und blickte ihn boshaft an. Der Kommissar blieb ungerührt am Fenster stehen, verschränkte seine Arme vor der Brust und wartete.

»Was ist? Haben Sie mich holen lassen, um mit mir das große Schweigen zu üben?« fragte sie sarkastisch.

Ihre Ironie ignorierend, warf Charly lässig ein neues, unbenutztes Päckchen Karten auf den Schreibtisch und befahl: »Sagen Sie mir meine Zukuft voraus!«

Hannelore Wagenbach schaute zuerst verblüfft die Karten an, dann sprang sie erzürnt auf: »Was soll der Mist? Ihr Bullen glaubt wohl im Ernst, Ihr könnt Euch alles erlauben, was? Nee, nicht mit mir! Falls Sie wirklich an Ihrer näheren

Zukunft interessiert sind, rate ich Ihnen, zukünftig auf Ihre rüden Polizeimethoden zu verzichten. Und, damit Sie mir später nicht vorwerfen können, daß ich Sie nicht gewarnt hätte, sage ich Ihnen lieber gleich: Ich habe Freunde«, sie machte eine kleine Kunstpause und fügte dann mit einem kleinen arroganten Lächeln hinzu: »in Ihren Kreisen!«

»Schön für Sie«, entgegnete Bärwald eisig, deutete auf die Karten und fragte: »Was ist nun damit?«

Sie überlegte einen Moment und setzt sich wieder: »Gegenfrage: Haben Sie Sundermann verhaftet?«

»Ja!«

Sie sah ihn prüfend an und nickte befriedigt: »Dann können wir uns ja beide den Mist ersparen!«

»Der Mist, wie Sie sich auszudrücken belieben, hat ja auch sein Ziel erreicht, nicht wahr?«

»Woher wissen Sie? Hat Hans Ihnen alles erzählt?«

»Nein, aber spielen wir trotzdem mit offenen Karten...«

»Und wenn nicht?«

»Tja, dann haben auch Sie schlechte Karten! Ich müßte Sie wegen Betrug, Verstoß gegen die Gewerbeordnung und Steuerhinterziehung festnehmen.«

»Sie wollen mir doch nicht weismachen, daß Sie wegen Kartenlegerei den gesamten Staatsapparat auf Touren bringen würden?«

»Genau das habe ich vor, wenn Sie mir nicht umgehend helfen, die Hintergründe, die zu Sundermanns Tat führten, aufzudecken«, antwortete Bärwald, und sie merkte, daß er meinte, was er sagte.

»Gut, gut, schon kapiert! Ihr miesen Beamten steckt doch alle unter einer Decke! Von wegen bürgernah und ...«

»Vorsicht, keine unüberlegten Äußerungen«, unterbrach sie Glopper hereinkommend. Ihr letzter Satz hatte ihm nicht sonderlich gut gefallen. Zu Charly gewandt fragte er: »Soll ich das Protokoll schreiben? Bergmann hat es vorgezogen, ausgerechnet heute pünktlich Feierabend zu machen.«

»Ist ihr gutes Recht!« knurrte Bärwald.

Während Glopper einen weißen Bogen Papier in die Schreibmaschine spannte, sagte Charly, bevor er auf die Aufnahmetaste des Tonbandgerätes drückte: »Ist zu Ihrer eigenen Sicherheit. Einverstanden?«

»Okay! Was wollen Sie hören?«

»Die Wahrheit und nichts als die Wahrheit«, sagte er eindringlich.

»Na schön«, seufzte sie. »Vogler kam eines Tages zu mir und sagte, daß Sundermann für eine Weile aus dem Verkehr gezogen werden müßte, denn er hatte vor, alte Schrottkisten nach Osteuropa zu verkaufen. Er wollte alleine absahnen. Schließlich hatte er sich ja auch um die Kontakte gekümmert. Außerdem dachte Hans, naja, Hans und ich sind seit einiger Zeit befreundet, daß Sundermann bei solcherart von Geschäften nicht mitmachen würde ... Er hatte immer so seine moralischen Prinzipien ...«

» ... Schönes moralisches Prinzip, seinen Teilhaber ins Jenseits befördern zu wollen«, unterbrach Glopper sie. Hannelore warf ihm einen vernichtenden Blick zu und fuhr unbeeindruckt fort: »Hans erzählte ihm von mir, von meiner Kunst, die Zukunft vorauszusehen, und sorgte dafür, daß er eines meiner Inserate in die Finger bekam. Den Rest können Sie sich ja denken.«

»Natürlich, das können wir. Wir wollen aber trotzdem alles von Ihnen hören«, sagte Kommissar Bärwald.

»Wenn es denn unbedingt sein muß ...« Hannelore Wagenbach kramte in ihrer Handtasche herum, beförderte eine goldenes Zigarettenetui zutage, entnahm ihm eine Zigarette mit goldfarbenem Mundstück und wollte sie sich anzünden.

»Hier wird nicht geraucht«, rief Glopper unfreundlich, »wissen Sie nicht, daß für Nichtraucher, die mit Rauchern zusammenleben, eine 62prozentig höhere Gefahr besteht, an Krebs zu erkranken?«

»Heißt das, daß ich gehen kann?« fragte sie bissig, legte ihre Zigarette jedoch ins Etui zurück.

»Nicht, bevor Sie uns das unrühmliche Ende der Geschichte erzählt haben!«

Donnernd krachte Bärwalds Faust auf das hölzerne Fensterbrett.

»Da gibt's nicht mehr viel zu erzählen. Hans gab mir die notwendigen Infos, ich legte Sundermann die Karten, und das wär's denn auch schon gewesen.«

»Ganz schön raffiniert, was?« Schwungvoll tippte Glopper das Datum aufs Blatt, riß es aus der Schreibmaschine, griff sich einen Kuli, hielt ihn ihr hin und sagte: »Fehlt nur noch Ihr Autogramm!«

Frau Wagenbach schrieb ihren Namen darunter, ohne den Text durchzulesen, und reichte es dem Kommissar. Der wollte das Blatt gerade entgegennehmen, hielt aber plötzlich mitten in der Bewegung inne: »Moment mal, wo ist das Schwarzgeld?«

»Auf einem Nummernkonto in der Schweiz natürlich. Wo denn sonst, Dickerchen?«

Unwillkürlich zog Bärwald seinen Bauch ein. Glopper sah es und schmunzelte. Sie zwinkerte ihm zu, stand auf, ging zur Tür, drehte sich noch einmal kurz um und sagte: »Tja, Kommissar, Pech für Sie. Merken Sie sich trotz allem eins für Ihre Zukunft: Das Böse ist überall und nicht immer dingfest zu machen! Geschnallt?« Lachend verließ sie das Büro.

»Warum lassen Sie sie gehen?« fragte Glopper empört, nachdem Bärwald das Tonband abgestellt hatte.

»Falls es Ihnen entgangen sein sollte: Es gibt noch kein

Gesetz, das Strafen für Dummheit und Aberglauben vorsieht.«

Glopper dachte über die Worte seines Chefs nach, dann meinte er: »Hm, sieht ganz danach aus, als ob Voglers Plan gelungen ist.«

»Sieht nicht nur so aus, er ist erfolgreich gewesen!« antwortete Bärwald.

Sein Assistent sah ihm an, daß er ganz und gar nicht mit dem Resultat des Falles zufrieden war. Doch war ihm klar, daß an den gegebenen Tatsachen nichts mehr zu ändern war: Sundermann würde wegen versuchten Mordes vor Gericht gestellt werden. Da würde keine Maus den Faden abbeißen.

. . . bis daß der Tod euch scheidet

»Guten Abend, Ferdinand. Ich bin es, Christina! Entschuldige, daß ich dich zu so unschicklicher Zeit besuchen komme, aber ich konnte es nicht anders einrichten. Deinetwegen hatte ich heute soviel zu tun. Was bedeutet da schon unschicklich oder schicklich! Dieses Wort – übrigens eines deiner Lieblingswörter, erinnerst du dich? – ist sowieso nur unter dem Aspekt der Subjektivität zu betrachten. Also lassen wir das.

Jaja, Ferdinand, heute geht es mir gut! Sehr gut sogar!

Hier, ich habe dir eine langstielige, dunkelrote Rose mitgebracht. Schön, nicht?

Ja, nur eine einzige Rose, doch dafür ist sie wirklich wunderschön, ihre Blütenblätter fühlen sich samtig weich an. Ich hab' mir viel Zeit gelassen, sie unter Hunderten für dich auszuwählen.

Es reichte mir gerade noch, kurz vor Ladenschluß das Geschäft zu betreten. In großen Vasen, Eimern und Kübeln standen Unmengen von Rosen: Teerosen, schneeweiße und dunkelviolette, Rosen in rosé und orange. Nun zögerte ich, dachte geraume Zeit an einen Strauß Moosröschen, fand die langstieligen, dunkelroten dann letztendlich dem Anlaß entsprechender, angemessener. Der junge Blumenverkäufer wurde schon ungeduldig, schaute immer wieder argwöhnisch zu mir herüber. Er wollte endlich den Laden schließen. Seine mißtrauischen Blicke beeindruckten mich jedoch nicht, schließlich kaufe ich ja nicht jeden Tag eine Rose für dich!

Lange habe ich überlegt, ob ich nicht 27 Rosen kaufen sollte! Für jedes Ehejahr eine, aber dann erschienen mir 27 etwas zu pompös. Jedenfalls für diesen heutigen Abend, den ich dir widmen möchte! Jaja, aus freien Stücken!

Ich halte die Rose noch ein wenig in den Händen, sie duftet so herrlich.

Die Rose, Königin unter den Blumen! Rosen, die Blumen der Liebe, der Liebenden.

Liebte ich dich?

Jaja, am Anfang unserer Beziehung, in den ersten Wochen und Monaten unserer Ehe. Und deswegen, Ferdinand, in memoriam dieser längst erstorbenen Liebe, bin ich gekommen.

Außer der Rose bringe ich dir auch die Vergangenheit mit. Hörst du, Ferdinand, die Vergangenheit! Spielt sie für dich jetzt noch eine Rolle?

Du weißt es nicht? Ist auch egal!

Jedenfalls können sich jetzt, in diesem Moment, die Augenblicke der Vergangenheit mit denen der Gegenwart vereinigen. Wußtest du, Ferdinand, daß sich Ereignisse – auch wenn sie Jahre zurückliegen – wieder und wieder durch die Erinnerung in die Gegenwart zurückrufen lassen? Jaja, so bleibt Vergangenes selbst in der Zukunft gegenwärtig. Wußtest du, daß Gegenwart, kaum geboren, bereits Vergangenheit ist? Und auch die Zukunft erscheint mir suspekt im Spiel der Zeiten!

Was ist Zukunft?

Das Morgen, das Übermorgen, der nächste Monat, das folgende Jahr, die Jahre danach?

Du hast immer mit deiner Zukunft gerechnet! Erlebst du sie nun? Jetzt, in dieser Minute, in der der kleine Sekundenzeiger meiner Armbanduhr hastig von Punkt zu Punkt springt? Siehst du dort, wo du jetzt bist, auch die Sekunden verstreichen? Oder hat eine Sekunde bei dir schon die Dimension der Ewigkeit?

Und falls ja, verwandelt sich die Ewigkeit? Oder bleibt sie Vergangenheit, Gegenwart und Zukunft in einem?

Nein, nein, du brauchst mir nicht sofort zu antworten! Laß dir Zeit damit! Ich bin dabei, dir einen Monolog zu halten! Gegenwärtige Vergangenheit, das war es, was unser Leben bestimmte.

Wir hatten von vornherein keine reale Zukunft!

Keiner hat eine reale Zukunft, der sie sich nicht nimmt und mit ihr umzugehen weiß!

Ich möchte dir diese Nacht schenken, Ferdinand, bei dir sein. Draußen stehen Stühle. Ich werde mir einen herholen. Im Sitzen redet es sich besser, es ermüdet nicht so sehr wie das Reden im Stehen. Ja, ich mach's mir bequem, bin auch nicht mehr die Jüngste! Meine Beine schmerzen. Heute war wirklich ein anstrengender Tag für mich.

Jetzt hast du Zeit für mich, Ferdinand, Zeit im Überfluß! Soviel Zeit, wie du sie vorher in unseren gesamten Ehejahren nie für mich hattest! Zeit, die an dir vorbeitröpfelt!

Vorbeitröpfelt, Ferdinand!

Hörst du die Zeit tropfen? Klick, klick, klick!

Mit jedem Klick tropft ein Stück Zeit an uns vorbei! Zeit, die du ungenutzt verstreichen lassen mußt!

Ungenutzt!

Nichts kannst du mehr mit diesen Zeittropfen anfangen!

Das befriedigt mich!

Ja, nun weiß ich, was Befriedigtsein für ein wunderbares Gefühl ist! Sieger fühlen sich so!

Ich bin Sieger, obwohl ich dich seit Jahrzehnten schon verloren hatte! Hättest du dir das je gedacht?

Nein? Ich auch nicht!

Du hast mich immer für den geborenen Verlierer in unserer Ehe gehalten!

Du hast dich geirrt, Ferdinand!

Nicht zum ersten Mal!

Und auch nicht zum ersten Mal haben wir jetzt ein unterschiedliches Zeitverständnis! Du hast nach dem Zeitdiktat deiner Armbanduhr gelebt, der Uhr, die dein Leben in Minuten und Stunden zerteilte. Ich messe die Zeit nach wie vor mit meinen Gefühlen! – Subjektiv, nicht objektiv! Ich konnte es nie anders. Da gab es in mir eine Zeit der Liebe, der Trauer, des Hasses, der Resignation! Aber auch der Hoffnung. Ja, und dann die der Gleichgültigkeit!

Die Zeiten der Liebe und der Hoffnung waren die schönsten in meinem Leben mit dir!

Die Zeit der Liebe, Ferdinand! Erinnerst du dich?

Du warst 29, ich 25 Jahre alt, als wir uns kennenlernten. Nachdem wir uns in der kleinen Dorfkirche das Jawort gegeben hatten, meinte ich, auf Wolken des Glücks zu schweben!

Wie unbeschreiblich glücklich waren wir!

Aber nach knapp zwei Jahren war alles vorbei! Du hattest deine Freude an der Abwechslung entdeckt.

›Spätestens nach anderthalb Jahren, maximal nach zwei Jahren wechsele ich meine Gespielinnen‹, pflegtest du in deinem Freundeskreis zu prahlen. ›Länger hab' ich es noch mit keiner ausgehalten. Sie werden mir einfach mit der Zeit zu langweilig, öden mich mit ihren tausend Wünschen an oder nerven mich mit ihren unsinnigen Träumereien, eines Tages meine zweite Frau werden zu wollen!‹

Nein, Ferdinand, eine zweite Ehe wolltest du zur damaligen Zeit nicht eingehen. Weshalb auch? Sicher mit mir verheiratet, konntest du deinem liebsten Hobby, der Pirsch, nachgehen. Dir stand der Sinn nach Freiwild, nicht nach einem neuen Gehege.

Ehrlich, als ich dahinterkam, daß du eine Geliebte hattest, stürzte ich aus dem siebten Himmel! Das ist doch wohl verständlich, oder? Schließlich hattest du mir nicht ganz zwei Jahre zuvor ewige Treue geschworen. Erinnerst du dich noch? ›Bis daß der Tod uns scheidet‹, hattest du vor dem Traualtar gesagt. Als ich dir diese Worte wiederholte, an jenem Abend, an dem ich dich fragte, warum du eine andere Frau brauchtest, lachtest du bloß. Und dann erklärtest du mir, daß das doch nur eine unbedeutende Trauformel gewesen wäre.

Unbedeutend, nanntest du dein Versprechen. In dieser Minute wurde mir klar, daß du niemals zu einer tiefen, alles umfassenden Liebe zu mir fähig sein würdest. Diese Erkenntnis brachte mich beinahe an den Rand des Wahnsinns.

Warst du je in deinem Leben einmal aus der Höhe in den Abgrund gestürzt? Ich meine – bei vollem Bewußtsein? Das glaube ich kaum! Zu solcherart tiefen Gefühlen warst du nie fähig! Du wolltest Abwechslung und hast in jeder neuen Beziehung nur das Abenteuer, den Reiz des Neuen gesucht.

Also, ich stürzte damals tief, sehr tief!

Ich stürzte in die unendlichen Abgründe einer bitteren, grausamen Erkenntnis. Niemand war da, der auch nur versuchte, meinen Sturz abzubremsen, um mich wieder auf die federleichten, glasigen Wolken des Glücks emporzuheben.

Niemand? Nein, so stimmt es nicht ganz.

Einer stürzte mir nach, entriß mich dem Schatten des Todes, führte mich – willentlich – ans Tageslicht zurück.

Wolfgang, einer deiner Zeichner, war es. Erinnerst du dich an ihn, den Unscheinbaren? Ihm verdanke ich es, daß er mich dem Leben und der Liebe zurückgab.

Jaja, er war es, der mich die wahre Liebe lehrte, und den du bald darauf aus deinem Architektenbüro hinauswarfst. Angeblich wegen Unfähigkeit! Doch sei ehrlich: wir wissen es beide. Es war deine unersättliche Besitzgier, die dich so handeln ließ.

Ferdinand, du behieltest dir vor, dauernd wechselnde Geliebte zu unterhalten, aber mir, mir gönntest du nichts! Trotzdem, ehemals geliebter Ferdinand, wußtest du, daß mein Verhältnis mit Wolfgang bereits viele Jahre dauert? Nein?

So ist es eben, das Leben! Auch du hast nicht alles gewußt.

Den Privatdetektiv, den du monatelang zu Beginn unserer kleinen Affäre – wie du über unser Verhältnis abfällig dachtest – hinter uns hergehetzt hast, der aber nichts hatte in Erfahrung bringen können, den hättest du dir wirklich sparen können.

Du dachtest immer, ich wär' eine dusslige, harmlose, aber dir treu ergebene Ehefrau gewesen! Bin ich es gewesen? Ich denke, nein.

Du botest mir ein sorgenfreies Leben, materielle Sicherheit. Hätte ich es aufgeben sollen?

Warum?

Mit Wolfgangs relativ kleinem Gehalt hätten wir uns niemals das kleine verschwiegene Appartement im Hochhaus kaufen können! Ja, dort trafen wir uns immer heimlich. Du dachtest, ich wäre bei meiner Freundin Sabine. Tja, auch ihre Wohnung habe ich von deinem Geld bezahlt. Eine Hand wäscht die andere, Ferdinand!

Wenn du manchmal bei ihr anriefst, um mich zu sprechen, stellte sie einfach das Telefon um. Ihr Nebenapparat stand in Wolfgangs und meiner Wohnung! Hättest du nie vermutet, was?

Unser beider Leben wäre sicherlich noch jahrelang so weitergegangen, wenn du nicht plötzlich dem kleinen Biest Juliett begegnet wärst!

Eines Tages – die Zeit deiner damaligen Geliebten war längst noch nicht um – entdecktest du sie: Mitte dreißig, rothaarig und nicht gerade das, was man eine auffallende Schönheit hätte nennen können. Aber dein untrüglicher Instinkt für Frauen registrierte sofort, daß sie das gewisse Etwas hatte.

Als sie begriff, wie reich du warst, wollte sie dich für sich alleine haben. Du warst so blind in sie verliebt, daß du dich von mir scheiden lassen wolltest. Da mußte ich eingreifen. Das verstehst du doch, oder? Auch ich hatte mich an unseren großzügigen Lebensstil gewöhnt. Gewiß, Wolfgang hätte mich auch ohne das viele Geld geheiratet, doch mit ihm lebt es sich besser. Sehr viel besser!

Nun, Ferdinand, als ich dann vor einer Woche den Anruf vom Krankenhaus bekam, entschloß ich mich ganz spontan, deinen selbstverschuldeten Unfall als Wink des Schicksals zu betrachten.

Du hättest wirklich nicht auf der engen Straße, noch dazu im Überholverbot, den kleinen VW-Käfer überholen sollen! Hattest du den großen Lastwagen denn nicht gesehen? Lastwagen sind doch viel, viel stärker als Personenwagen! Hattest du das vergessen in deiner Luxuslimousine?

Nun siehst du wohl ein, daß selbst für einen Mercedes 500 das Überholverbot Gültigkeit hat, nicht wahr?

Nein, dem Fahrer des Lastwagens ist nicht viel passiert! Er hatte bloß einen kleinen Schock und einige unbedeutende Hautabschürfungen am Knie. Selbst die hätte er sich ersparen können, wenn er angeschnallt gewesen wäre. Aber nein, das war er nicht. Er mußte sich ja gerade in dem Moment, als du mit deinem Wagen auf ihn zugeschossen kamst, eine Zigarette aus dem Handschuhfach holen.

Naja, für ihn ging es glimpflich ab!

Dich hingegen mußten sie mit dem Notarztwagen ins Krankenhaus bringen. Als du nach der Operation auf der Intensivstation lagst, meinte der Professor, daß er dich eventuell durchbringen würde.

Nur eventuell, Ferdinand!

Ich bat darum, bei dir bleiben zu dürfen. Er gestattete es mir! Ich glaube, er war sogar froh darüber, denn so entlastete ich die Schwestern.

Im Krankenhaus herrscht Pflegenotstand. Hast du das gewußt? Ich glaube nicht! Die nette Nachtschwester erklärte mir ganz genau, wie die Beatmungsmaschine funktioniert, an der du angeschlossen warst. Auf den Schalter, mit dem die Maschine abzustellen war, wies sie mich besonders hin.

Nein, Ferdinand, den habe ich nicht berührt. Das wäre vielleicht aufgefallen! So genau kannte ich mich nämlich mit der Maschine nicht aus. Und es hätte auch schlecht ausgesehen, wenn du gleich am selben Tag gestorben wärst, nachdem sich der Professor doch solche Mühe mit dir gegeben hatte.

Ich spielte die besorgte, liebevolle Gattin. Als du dann das Gröbste überstanden hattest, bloß noch am Tropf hingst und die netten Schwestern dein Zimmer erster Klasse nicht mehr gar zu oft betraten, besorgte ich mir aus der kleinen Kammer, in der sie ihren medizinischen Müll in großen, blauen Plastiksäcken entsorgen, eine gebrauchte 100 ml Einmalspritze. Es war ein Leichtes, Kanüle mit Kanüle kurz auszutauschen, deine Vene mit frischer Luft zu versorgen, um dann die Kanüle des Tropfes wieder einzustöpseln. Niemand hatte etwas bemerkt. So bist du im Schlaf ganz unauffällig an einer Luftembolie gestorben. Der Professor konnte später, als ich ihn – ganz besorgte Ehefrau – rief, nur noch deinen Tod feststellen. Es hat ihm wirklich leid getan, daß er dir nicht mehr helfen konnte.

Wolfgang und ich werden demnächst heiraten.

Sei deswegen nicht beunruhigt! Jetzt bin ich an der Reihe, mein bißchen Glück zu genießen. Trotzdem: Keine Panik in deinem Eichensarg, wir feiern die Hochzeit nur im engsten Freundeskreis. Mach's gut, Ferdinand! Den Stuhl von draußen stelle ich wieder an seinen Platz zurück. Ordnung ist das halbe Leben! Ein Spruch von dir! Ich werde ihn dir morgen früh, bevor dein Sarg geschlossen wird, in meiner schönsten Schrift auf ein Zettelchen schreiben und ihn unter deine Decke schieben! Damit hast du für die Ewigkeit etwas zum Nachdenken.

Tschüß, Ferdinand, bis irgendwann. Laß dir in der Zwischenzeit die Zeit nicht zu lang werden!

Ach, noch was: Juliett wird morgen nicht zu deiner Beerdigung kommen können. Sie liegt noch immer im Krankenhaus. Als sie von deinem plötzlichen Ableben erfuhr, weinte sie hemmungslos und schien untröstlich. Dein Freund Dieter kümmert sich jetzt ein wenig um sie. Jeden Tag läßt er ihr einen riesigen Rosenstrauß schicken.

Ich denke, es wird nicht mehr allzu lange dauern, bis sie sich von ihm über deinen Verlust hinwegtrösten läßt. Er hat ja alle Voraussetzungen dafür, zumal er sich vor einigen Tagen einen silbergrauen Mercedes 600 gekauft hat. Mit Airbag – auch für den Beifahrer, Ferdinand!

Hier, Ferdinand, die Rose!

Ich lege sie dir auf die weiße Satindecke. Das ist alles, was du von all deinem Erarbeiteten mitnehmen kannst.

Übrigens, 27 dunkelrote Rosen hätten wirklich auf der schmalen Decke zu pompös ausgesehen.«

»Da stimme ich Ihnen zu«, sagte plötzlich eine kräftige, wohltönende Stimme aus der Dunkelheit. Christina erschrak und trat angstvoll näher an die Kübel mit den Lebensbäumen heran, die blumengeschmückt um den Sarg standen. Am liebsten hätte sie sich dort versteckt. In letzter Zeit hatte sie wiederholt von Unholden gelesen, die auf dem Friedhof ihr Unwesen trieben. Sollte sie nun zum zweiten Mal in ihrem Leben aus der Wolke sieben in den Abgrund stürzen? Diesmal in den des Todes? Nein, das durfte und konnte nicht sein. Hatte sie sich nicht das bißchen Glück mit Wolfgang verdient?

Wild blickte sie sich um. Aber nirgends entdeckte sie einen Gegenstand, mit dem sie sich im Falle eines Angriffs gegen den Mann wehren konnte. Die Schritte kamen langsam näher. Auf einmal stand er im diffusen Licht der äußeren Gangbeleuchtung.

»Sie hätten Ihren Monolog nicht am offenen Sarg halten sollen«, meinte er und schüttelte nachsichtig lächelnd den Kopf. »Wirklich nicht!«

»Wer sind Sie?« fragte Christina verstört.

»Kriminalkommissar Bärwald.«

»Krim, Krimi, Kriminalkommissar?« stotterte sie verblüfft.

»Ja, und das hier«, ein weiterer Mann trat aus der Dunkelheit hervor, »ist mein Assistent Glopper.«

»Hallo«, sagte dieser freundlich grinsend.

»Was, was tun Sie hier?«

»Wir haben uns Ihren Monolog angehört. Sehr aufschlußreich und zugegebenermaßen nicht ohne eine gewisse Poesie«, antwortete Bärwald und lehnte sich mit verschränkten Armen gegen die offenstehende Tür der Leichenkammer.

»Lauschen Sie schon lange?« fragte Christina, immer noch um Fassung ringend.

»Wir stehen uns schon seit Stunden die Beine in den Bauch«, erwiderte Glopper und betrachtete dabei sinnend den aufgebahrten Toten. »War wohl kein sonderlich netter Ehemann, was?«

»Ich weiß nicht, wie nett Ehemänner sein können. Er war es jedenfalls nicht«, entgegnete sie, sich langsam von dem Schock erholend, belauscht worden zu sein.

»Wie kamen Sie bloß auf die dumme Idee, ihn umzubringen? Dachten Sie niemals an die Konsequenzen?« fragte Charly Bärwald und blickte sie so mitfühlend an, als wäre sie ein kleines, unartiges Mädchen.

Christina schüttelte langsam den Kopf: »Nein, irgendwelche Konsequenzen habe ich mir nie überlegt. Ich wollte nur frei von ihm sein, aber unter Berücksichtigung meines ihm vor 27 Jahren gegebenen Versprechens: ›Bis daß der Tod euch scheidet‹. Nun schied uns sein Tod.«

»Nein, nein, machen Sie sich nichts vor. Nicht sein Tod löste Ihre Ehe auf, sondern Ihr Griff zur Spritze jagte ihn vom Diesseits ins Jenseits. Das hätten Sie nicht tun dürfen, denn so darf die Trauformel nicht ausgelegt werden«, meinte Bärwald ironisch.

»So dumm habe ich mich doch gar nicht angestellt, nicht wahr? Ich meine, es hätte auch klappen können!«

»Sie hätten es fast geschafft«, pflichtete Charly ihr bei.

Sie sah ihn mitleiderregend an. Ihre Augen waren voller Tränen, die Lippen zitterten.

»Es tut mir leid, aber ich muß Sie wegen Gattenmordes festnehmen«, sagte Bärwald bedauernd.

David läßt grüßen

Ein greller Blitz zuckte vom Himmel, gleich darauf hörte Charly Bärwald den Donner. Er trat ans Fenster und blickte gedankenverloren hinaus. Grauschwarze, regenschwere Wolken wurden vom aufkommenden Wind nach Westen getrieben. Obwohl es erst früher Nachmittag war, schalteten sich die Straßenlampen automatisch ein. In den Häusern am Hasenberg wurde es ebenfalls hinter so manchem der Fenster hell. Er mochte diesen Ausblick von seinem Dienstzimmer aus.

Bald hatte er Feierabend. Und wenn nichts dazwischenkam, würde er sich nach langer Zeit ein ruhiges, gemütliches Wochenende machen können. Er freute sich schon darauf.

Das Telefon klingelte.

»Hallo, Chef, die Kollegen vom Revier 1 bitten um Ihre Unterstützung. Unfall mit Todesfolge auf einer Baustelle. Soll ich ihnen sagen, daß Sie sofort losdüsen?« hörte er die laute und fröhliche Stimme Sandras am anderen Ende der Leitung.

Charly hielt ärgerlich den Hörer ein bißchen weiter weg. Mußte Sandra, der Büroneuling, immer ins Telefon brüllen? Wie oft hatte er ihr schon gesagt, daß sie die Entfernungen am Telefon nicht mit erheblicher Stimmverstärkung zu überbrücken brauchte. Aber wahrscheinlich würde sie es nie lernen.

Dabei saß sie im Nebenraum. Als sie ihn kürzlich mit seinem Kollegen Brandtstätter in München verbinden mußte, hatte sie derart ins Telefon gebrüllt, daß Brandtstätter ihm im Wiederholungsfall scherzhaft eine Anzeige wegen Körperverletzung angedroht hatte.

»Wo steckt denn Walter Glopper?« fragte er seufzend, legte den Hörer behutsam auf seinen Schreibtisch und öffnete die Verbindungstür zum Sekretariat.

»Er holt sich gerade einen Kaffee«, sprach sie immer noch mit unverminderter Lautstärke in die Muschel.

»Legen Sie auf und suchen Sie ihn. Ich warte im Wagen«, sagte er und grinste, als er ihren überraschten Gesichtsausdruck sah.

»Chef, das ist nicht fair!« protestierte sie, warf den Hörer auf die Gabel und stand langsam auf.

Als sie draußen war, zwinkerte er Frau Bergmann verschwörerisch zu und meinte nachsichtig lächelnd: »Hätten Sie mich nicht persönlich unterrichten können? Sandra am Telefon – das ist für mich schlichtweg die Katastrophe!«

»Ich tippe doch gerade das Protokoll des gestrigen Banküberfalls«, verteidigte sich Frau Bergmann.

»Okay, vergessen Sie's«, sagte Charly Bärwald, nahm den Telefonhörer ab und wählte die dreistellige Nummer des Wagenparks.

»Bei diesem Wetter jagt man nicht einmal einen Hund vor die Tür«, murmelte er. Jetzt goß es in Strömen.

»Einen Hund nicht, aber Sie«, kicherte Frau Bergmann und ließ ihre Finger mit unglaublicher Geschwindigkeit über die Tasten der Schreibmaschine hüpfen.

Eine Viertelstunde später trafen Charly Bärwald und Walter Glopper beim Schloßgartenhotel ein. Neben dem alten, fünfstöckigen Hotelkomplex aus der Jahrhundertwende erhob sich ein achtzehnstöckiger Neubau.

»Solch ein Machwerk mitten in der Stadt, noch dazu am Schloßpark in Sichtweite des Opernhauses, sollte verboten werden. Das vermiest einem jeden Opernbesuch«, schimpfte Glopper. Er wollte über eine Pfütze springen und landete prompt mitten drin.

Charly Bärwald lachte: »Als ob Sie in die Oper gingen!«

»Würde ich schon machen«, erwiderte Glopper ernsthaft und fügte zögernd hinzu, »wenn ich irgendwann einmal Zeit dazu habe.«

Kommissar Bärwald und sein Assistent gingen am Haupteingang des Hotels vorbei, bogen links in die Ladenpassage ein und standen nach wenigen Metern vor dem Bauzaun, der die Baustelle des Neubaus vor spielenden Kindern sicherte.

»Unbefugten ist der Zutritt strengstens verboten. Eltern haften für ihre Kinder«, las Bärwald flüchtig auf einem großen gelben Schild, ehe er und Glopper von einem jüngeren Polizisten in Empfang genommen wurden.

»Hier entlang, bitte«, sagte er.

Bärwald und Glopper folgten ihm zu einer kleinen Gruppe von Beamten und ein paar Arbeitern, die heftig diskutierten.

Auf dem aufgeweichten Boden lag der Tote. Er trug einen beigen Seidenanzug, ›wahrscheinlich Maßanfertigung‹, dachte Bärwald und registrierte sofort den roten Helm, der wenige Meter von dem Toten entfernt lag und ziemlich ramponiert aussah.

›Möglich, daß er ihm bei der Wucht des Aufpralls vom Kopf geflogen ist‹, dachte Charly flüchtig.

»Der Tote ist der Stararchitekt Schöller. Er ist aus dem siebzehnten Stock gestürzt«, erklärte Hubert Meierling, der Hauptwachtmeister des 1. Reviers, nachdem sie sich begrüßt hatten. Charly blickte nach oben.

»Eine ganz schöne Fallhöhe«, antwortete er.

»Gibt es Zeugen?« fragte Glopper.

»Ein Installateur und ein Maurer. Aber beide haben den Unfall nicht direkt beobachtet. Sie hörten nur einen Schrei und kurz danach einen dumpfen Aufprall. Einige Arbeiter befanden sich zur fraglichen Zeit im Bauwagen, die anderen hatten bereits Feierabend«, entgegnete der Hauptwachtmeister.

»Und sonst war niemand mehr auf der Baustelle?« fragte Bärwald mißtrauisch. Er konnte es sich einfach nicht vorstellen, daß ein Architekt, der sehr viel auf Baustellen zu tun hatte, einfach aus dem siebzehnten Stock stürzte.

»Soviel ich bisher ermitteln konnte, befand sich niemand mehr im Bau. Außer den beiden genannten Männern natürlich«, sagte Meierling.

»Wer ist der Bauherr?« wollte Glopper wissen.

»Graf von Burgfelden, der Besitzer des Schloßhotels«, erwiderte der junge Polizist, der die ganze Zeit über bei ihnen stand.

»Lassen Sie die beiden Zeugen ins Präsidium bringen und kommen Sie mit«, wandte sich Bärwald an seinen Assistenten. Er wartete, bis dieser den Auftrag erledigt hatte, dann begannen sie mit dem Hauptwachtmeister und zwei weiteren Polizisten in den siebzehnten Stock hinaufzusteigen, um sich die Absturzstelle näher anzusehen.

Sie kamen ziemlich außer Atem oben an.

»Ich hätte Bergsteiger werden sollen«, japste der junge Polizist, den der Hauptwachtmeister Müller Zwo nannte, und verzog sein Gesicht zu einem schiefen Grinsen.

»Ganz schön gefährlich, diese Baustelle«, antwortete Glopper, wischte sich mit einem Stofftaschentuch den Schweiß von der Stirn und dachte mit Grausen an den Abstieg. Er war nicht ganz schwindelfrei, und die Treppen waren noch nicht mit einem Geländer abgesichert.

Bärwald ging aufmerksam und zielstrebig durch zahlreiche Räume, in denen erst teilweise die Zwischenwände hochgezogen worden waren.

»Warum werden bei diesem Neubau keine fertigen Betonplatten verwendet?« fragte Bärwald erstaunt.

»Der Graf bevorzugt bei seinen Hotelprojekten eine natürliche Bauweise«, sagte Meierling und rief aufgeregt aus: »Hier ist die Absturzstelle. Das Sicherheitsgeländer ist ja durchbrochen!«

Bärwald trat zu ihm und fragte, während er die Überreste des Geländers untersuchte: »Hat der Graf noch andere Hotels?«

»Drei oder vier, soviel mir bekannt ist. Er ist dabei, eine Hotelkette aufzubauen. Das find' ich ganz schön mutig in Zeiten der Rezession.«

»Und der Graf, wie war sein Name? Ach ja, von Burgfelden, also dieser Graf hat mit dem Schöller alle seine Projekte durchgezogen?« fragte Charly und sah den Männern der Spurensicherung bei ihrer Arbeit zu.

»Keine Ahnung! Das einzige, was wir von den beiden Zeugen erfahren konnten, ist, daß Schöller fast täglich den Fortschritt der Baustelle überwachte und daß er verheiratet war«, sagte Müller Zwo.

»Haben Sie die Frau benachrichtigt?« fragte Glopper.

»Wir wollten nichts ohne Sie unternehmen«, erwiderte Hauptwachtmeister Meierling.

»Und Burgfelden? Weiß er schon, was auf seiner Baustelle passiert ist?« wollte nun Bärwald wissen.

»Nein, wie gesagt, wir haben auf Sie gewartet!«

»Sehr schön«, Charly nickte befriedigt, »dann konnte ja bis jetzt noch nichts schiefgehen. Also, äh, die Witwe übernehmen Sie, Glopper, ich werde mich um den Grafen kümmern«, versuchte er die Aufgaben zu delegieren.

»Könnten wir nicht tauschen, Chef?« bat Glopper.

Bei Bärwald klingelten sämtliche Alarmglocken. Er schaute seinen Assistenten stirnrunzelnd an: »Na gut«, brummte er, »machen wir beides gemeinsam. Vielleicht ist es auch besser so.«

»Danke, Chef.« Glopper seufzte erleichtert. Was er am

Kripoberuf abgrundtief verabscheute, war das Überbringen von Todesnachrichten. Sofern er nur eine winzige Möglichkeit sah, drückte er sich davor, denn die Gefühlsausbrüche der Betroffenen waren ihm mehr als unangenehm, ja im Grunde genommen peinlich, denn er war ein sachlicher Mensch, der an alles mit dem Verstand heranging. Gefühlen oder gar heftigen Gefühlsausbrüchen stand er irgendwie hilflos gegenüber. Er konnte sie in sein rationales Denken nicht einordnen.

Nachdem sie alle wieder festen Boden unter den Füßen hatten, sagte Bärwald zu Hauptwachtmeister Meierling: »Benachrichtigen Sie den Grafen und bitten Sie ihn ins Präsidium. Und lassen Sie feststellen, wo Schöller wohnte, wir fahren gleich zu seiner Witwe. Geben Sie uns die Adresse über Funk durch.«

Eine dreiviertel Stunde später standen Bärwald und Glopper vor einer alten Jugendstilvilla. Auf ihr Klingeln hin wurde ihnen so schnell die Tür geöffnet, daß in Bärwald der Verdacht aufkam, die junge hübsche Frau im schwarzen Kostüm mußte sie bereits erwartet haben. Bärwald stellte sich und Glopper vor und zeigte seinen Ausweis. Sie wurden in eine Art Wohnhalle geführt.

Als Bärwald ihr sehr vorsichtig und taktvoll den Tod ihres Mannes mitteilte, brach sie in ein hysterisches Weinen aus. In seinen Ohren klang es unecht. Er konnte sich des Verdachts nicht erwehren, Frau Schöller würde ihnen nur Theater vorspielen. In seinen langen Berufsjahren, es waren immerhin schon beinahe 25, hatte er schon vielen Menschen die Nachricht vom plötzlichen Ableben eines nahen Angehörigen überbringen müssen. Doch eine ähnliche Reaktion wie von dieser Frau hatte er noch nie erlebt.

»Weiß es Eberhard?« fragte sie, nachdem sie sich ein wenig beruhigt hatte. Danach blickte sie an sich herunter und schluchzte: »An einem Freitag, noch dazu an einem Dreizehnten, hätte ich nichts Schwarzes anziehen sollen. Das bringt nur Unglück!«

Charly Bärwald mußte sich mächtig zusammenreißen, um der offensichtlich abergläubischen Frau nicht eine scharfe Antwort zu verpassen. Er schluckte trocken und sagte kalt: »Ich denke, Sie werden jetzt etwas anderes zu tun haben, als irgendwelche obskuren Thesen aufzustellen. Mein Kollege«, dabei deutete er auf Glopper, »wird Sie ins Leichenschauhaus führen. Sie müssen Ihren Mann identifizieren.«

»O nein«, weigerte sie sich, »das werde ich nicht tun! Ich mag keine Toten sehen.«

»Tut mir leid, es muß sein«, beharrte Bärwald. »Die Vorschriften sind so.«

»Darf ich wenigstens Eberhard anrufen?« fragte sie nun etwas unsicherer.

»Eberhard?« fragte Glopper.

»Ein Familienfreund«, antwortete sie, »mein Mann ist, ach nein, er war sein Architekt!«

»Graf von Burgfelsen?« fragte Bärwald spontan.

»Woher wissen Sie?«

»Bis zu diesem Augenblick wußte ich es nicht«, sagte Bärwald und schaute die junge Frau nachdenklich an. Sein kriminalistischer Spürsinn sagte ihm, daß irgend etwas an der Sache faul war.

Glopper mußte einen ähnlichen Verdacht haben, denn er sagte energisch: »Wir wollten Ihnen zuerst die Nachricht vom Tode Ihres Mannes überbringen. Deshalb konnten wir mit Herrn Graf von Burgfelsen noch nicht sprechen. Doch bevor wir nicht mit ihm persönlich gesprochen haben, sollten Sie das auch nicht tun. Er wird wahrscheinlich schon im Präsidium auf uns warten. Bitte kommen Sie mit!«

Widerspruchslos folgte sie ihnen zum Wagen.

Glopper setzte Bärwald am Präsidium ab: »Wir werden die Angelegenheit bald hinter uns haben. Wir kommen dann noch ins Büro.«

»Will ich auch stark hoffen«, meinte Bärwald.

»Haben Sie die beiden Zeugen vergessen?« empfing ihn Frau Bergmann mißgestimmt im Gang.

Bärwald überhörte geflissentlich ihren vorwurfsvollen Unterton. Er wußte, daß sie sich darüber ärgerte, wieder einmal Überstunden machen zu müssen. Dabei hatte er ihr schon mindestens tausendmal gesagt, daß sie nicht auf ihn zu warten brauche, sondern pünktlich um fünf Uhr gehen könne. Aber nein! Sie hielt sich für unentbehrlich. Naja, eigentlich war sie es ja auch.

»Wo sind sie?«

»Den einen habe ich in Ihr Büro gesteckt, der andere wartet bei mir drin«, antwortete sie, nun eine Spur freundlicher.

»Und der Dritte?«

»Welcher Dritte?«

»Also ist der Graf noch nicht erschienen«, folgerte Bärwald mißvergnügt und öffnete die Tür zu seinem Büro.

»Na endlich! Ich dachte schon, Sie würden überhaupt nicht mehr kommen! Ich habe wirklich was anderes zu tun, als hier bei der Kripo rumzusitzen. Darf ich mal telefonieren? Meine Frau macht sich sonst Sorgen«, meckerte der Mann von der Baustelle.

»Nun bin ich ja da, und Ihre Frau kann von Frau Bergmann benachrichtigt werden. Ihre Nummer?« antwortete Bärwald beruhigend, setzte sich hinter seinen Schreibtisch und beauftragte seine Sekretärin, das Telefonat zu erledigen.

»He, Sie trauen wohl keinem, was?«

»Einem und sonst nur noch wenigen. Das bringt mein Beruf so mit sich. Name, Alter, Beruf?«

»Albert Zündel, 54, Maurer.«

»Sind Sie schon lange bei der Firma . . .« Bärwald blätterte in seinen Notizen

»Gagstätter. Ja, seit siebzehn Jahren«, half ihm Zündel.

»Gut, danke. Und jetzt erzählen Sie bitte mal, was Sie vom Unfallhergang mitbekommen haben«, forderte Charly ihn auf.

»Hm, da kann ich Ihnen nicht viel erzählen, Herr Kommissar. Ich zog 'ne Zwischenwand im dreizehnten hoch, war gerade dabei, frischen Mörtel anzurühren, da hörte ich den Schrei. Mann, der ging mir durch und durch. Kurz danach machte es ›plopp‹, und dann kam noch ein kleineres hinzu. So ähnlich wie wenn 'ne Bierflasche mit Schnappverschluß geöffnet wird. Sie verstehen, Herr Kommissar?«

»Ja, in etwa«, antwortete Bärwald schmunzelnd.

»Tja, ich dachte noch, daß der Karli, was mein Hiwi ist, mein Gehilfe, wieder mal Blödsinn macht. Das kommt bei ihm öfters vor. Er ist deswegen von mir schon mal richtig verwarnt worden, aber da fiel mir plötzlich ein, daß der Karli ja heute schon früher gegangen ist. Er mußte zum Zahnarzt. Glaub' ich ihm auch. Was der für eine Backe hatte! Weisheitszahn, da könnte ich jede Wette eingehen und . . .«

» . . . und was taten Sie dann?« unterbrach ihn Bärwald.

»Wann?«

»Nachdem Sie sich daran erinnerten, daß Karli keinen Unfug machen konnte, weil er ja nicht auf der Baustelle war«, antwortete Charly geduldig.

»Da lief ich zum Fenster hin und guckte runter. Zuerst sah ich nichts, nur eine Art Anzug. Ich dachte noch: Wer schmeißt denn seinen Anzug aus dem Fenster. Dann dämmerte es mir: In dem Anzug steckte jemand. Wer's war, konnte ich von oben nicht erkennen. Also flitzte ich die Treppen runter. Als ich unten ankam, standen schon die Kollegen – die, die im Bauwagen gewesen waren – um den Mann herum. Ich drängelte mich vor und sah, daß es Herr Schöller war.«

»Sie kannten ihn?«

»Klar, er war doch fast jeden Tag auf der Baustelle. Jeder von uns kannte ihn. War ein netter Mensch, gab öfters ein Bier aus und moserte auch nicht dauernd rum, wie's manche seiner Kollegen so an sich haben«, berichtete Zündel.

»Was passierte dann?«

»Dann kam Heinz, ich meine Heinz Becker, der Installateur. Der sagte, daß sofort jemand die Polizei benachrichtigen müsse. Ja, genauso sagte er es. Ich glaube, Horst war's, der die Bullen, Verzeihung, der die Polizei vom Bauwagen aus angerufen hatte. Aber genau weiß ich's nicht. Ich war viel zu aufgeregt. Einen Toten hatten wir noch nie auf einer Baustelle, das müssen Sie mir glauben, Herr Kommissar.«

Charly Bärwald nickte verständnisvoll, ehe er weiterfragte: »Ist Ihnen sonst noch etwas Besonderes aufgefallen?«

»Nein, eigentlich nicht. Oder doch? Ach ja, später, viel später, ich glaube aber, daß die Polizei noch nicht da war, kam der Uli und fragte, was passiert sei. Wir haben ihm aber bloß gesagt, daß der Schöller irgendwo runtergefallen sei und daß er 'ne Fliege machen solle. Er ist dann auch gleich abgehauen, weil, weil, naja, Herr Kommissar, den Uli können wir alle nicht besonders leiden, weil er immer so rumschleimt, beim Grafen und so.«

»Uli?«

»Uli Müller, einer von den Gipsern. Er macht gerade seinen Meister und hält sich für was Besseres. Sie verstehen, Herr Kommissar?«

Bärwald schüttelte den Kopf.

»Egal, jedenfalls gibt er mächtig an, er weiß immer alles besser und . . .«

» . . . und ist ziemlich unbeliebt?«

»Richtig! Mann, Sie haben ja den totalen Durchblick«, rief Albert Zündel respektvoll aus.

»Ich bemühe mich«, lächelte Bärwald, stand auf und streckte dem Maurer freundlich seine Hand entgegen, »danke, daß Sie mir geholfen haben!«

»Was, kann ich schon gehen? War das alles?«

Bärwald nickte und brachte seinen Besucher zur Tür. Als er merkte, daß Frau Bergmann immer noch im Vorzimmer saß und fleißig tippte, bat er Zündel, seiner Sekretärin noch die Anschrift von Uli Müller zu diktieren.

»Kenn' ich nicht und lege auch keinen Wert darauf. Doch die von seinem Chef kann ich Ihnen sagen«, hörte Charly noch, ehe er den nächsten Zeugen, den Installateur Heinz Becker, in sein Büro bat.

Von diesem erfuhr er noch weniger als von Zündel.

Bärwald blätterte gerade seine Notizen durch, als Glopper in sein Büro kam: »Wollen Sie mit ihr sprechen oder soll ich sie nach Hause fahren lassen?«

»Wen?« fragte Bärwald in Gedanken.

»Susanne Schöller, die Frau des Opfers«, antwortete Glopper ungeduldig.

»Ist der Graf schon da?«

»Den können Sie bis Montag vergessen! Der befindet sich seit gestern abend in seinem Wochenendhaus. Irgendwo auf Sylt muß es sein.«

»Na prima! Dann hat er ja ein feines Alibi«, sagte Bärwald sarkastisch.

»Wieso?«

»Erkläre ich Ihnen gleich. Sorgen Sie erst dafür, daß das Telefon von Frau Schöller und sie selbst rund um die Uhr überwacht werden. Ich habe da so einen Verdacht.«

»Lassen Sie hören«, forderte Glopper ihn auf und blickte ihn gespannt an.

»Schaffen Sie zuerst die Frau nach Hause.«

»Ganz schön abgebrüht, die Kleine«, sagte Glopper wenig später, nachdem er alles erledigt hatte und wieder in Bärwalds Büro war.

»Hat Frau Schöller etwas Interessantes gesagt?« fragte Bärwald und genehmigte sich einen großen Schluck von seinem heißen Milchkaffee.

»Nicht viel! Sie identifizierte ihren Mann, und das war's denn auch schon. Ihre einzige Sorge galt diesem Graf Eberhard von Burgfelsen. Für ihn scheint sie sich mächtig ins Zeug zu legen. Zum Beispiel wer jetzt den Bau fertigstellt. Daß ihr Mann tot ist, scheint sie nicht weiter zu beunruhigen. Mir kam es vor, als würde sein Tod sie überhaupt nicht berühren. Den ganzen Weg zur Pathologie jammerte sie über Freitag den Dreizehnten, ihren ganz persönlichen Unglückstag«, sagte Glopper, holte sich eine Kaffeetasse aus der kleinen Teeküche und füllte sie.

»Schlimm! Sie tut mir leid«, antwortete Bärwald.

»Sie?« empörte sich Glopper. »Ich sollte Ihnen leid tun, Chef! Fahren Sie doch mal . . .«

». . . vergessen Sie's oder buchen Sie die Frau auf Ihr Konto E ab«, unterbrach Charly ihn ungeduldig.

»E?«

»E wie Erfahrung! Abergläubischen Menschen werden Sie in unserem wie wahrscheinlich in allen anderen Berufen begegnen. Sie von der Unsinnigkeit ihres Denkens zu überzeugen, ist in neunundneunzig Prozent aller Fälle vergebliche Liebesmühe. Also lassen Sie's und . . .«

». . . lassen?« unterbrach nun Glopper den Chef.

»Das restliche eine Prozent«, fuhr Charly ungerührt

fort, »ist wirklich daran interessiert, sich von der Macht des Aberglaubens zu lösen. Sie werden es merken und werden auch Mittel und Wege finden, diesen Menschen zu helfen. Aber das ist im Moment nicht unser größtes Problem. Ich komme immer mehr zu der Meinung, daß Schöllers Unfall gar kein Unfall war!«

»Mord?« fragte Glopper ungläubig.

»Mord!« nickte Bärwald bestätigend.

»Wie kommen Sie denn darauf?«

»Ganz einfach: David läßt grüßen!«

»David? Wer ist denn das?«

»Nicht ist, war!«

»War?«

»Ja!« entgegnete Bärwald schlicht.

»Also, Chef, ich kenne Sie gut genug, um zu wissen, daß Sie irgendeine Geschichte aus Ihrem Lieblingsbuch im Sinn haben«, sagte Glopper und blinzelte ihm verschwörerisch zu.

»Richtig! Die Bibel ist, oberflächlich betrachtet, ein unerschöpflicher Fundus von Kriminalgeschichten. Sollte jeder Kommissar kennen. Dann wären wir . . .«

» . . . den Verbrechern haushoch überlegen, denn sie lesen die Bibel nicht«, beendete Glopper den Satz.

»Wollen Sie nun die Geschichte von König David kennenlernen oder nicht?« fragte Bärwald ungeduldig.

»Was, König war er?«

»König über Israel! Eines Tages stand er auf dem Flachdach seines Königspalastes. Von dort aus sah er eine schöne Frau. David ließ sie holen, und die beiden fanden Gefallen aneinander. Die Frau, sie hieß Batseba, war jedoch verheiratet. Ihr Mann Uria diente Joab, einem mächtigen Kriegsherrn des Königs. Da David Batseba liebte und sie ein Kind von ihm erwartete, beschloß der König, ihren Mann beseitigen zu lassen. Nichts leichter als das zur damaligen Zeit:

Uria fiel im Kampf gegen die Ammoniter, weil er auf ausdrücklichen Wunsch Davids an die vorderste Front gestellt wurde. Das Ende der Geschichte ist rasch erzählt! König David heiratete Batseba und . . .«

». . . und sie waren glücklich bis an ihr Lebensende«, schloß Glopper.

»Falsch! Gott strafte die beiden«, sagte Bärwald.

»Mist, die Geschichte wäre so schön gewesen«, meinte Glopper ein wenig frustriert.

»So schön wie Frau Schöller?« fragte Bärwald spöttisch und leitete auf ihren Fall über.

»Zugegeben, sie sieht sehr gut aus, doch irgendwie auch dümmlich und eiskalt!«

»Sehen Sie, deswegen bin ich ihr auf die Schliche gekommen! Richtig abergläubisch ist die nicht! Sonst hätte sie nicht diesen Stuß von sich gegeben! Schwarze Katzen an einem Dreizehnten? Ja! Pech? Möglich! Aber ein schwarzes Kostüm? Nie! Als sie damit anfing, bin ich zum zweiten Mal stutzig geworden.«

»Wann wurden Sie das erste Mal stutzig?«

»Auf der Baustelle! Sie erinnern sich an Schöllers Sicherheitshelm? Er lag ein paar Zentimeter zu weit von ihm entfernt. Er muß nachträglich hinabgeworfen worden sein. Hätte er sich während des Aufpralls gelöst, wäre er neben ihm gelegen. Den Ausschlag für meine Vermutung hat aber – und das können Sie nicht wissen – die Aussage des Maurers Albert Zündel gegeben. Er hörte zweimal ›plopp‹. Ein großes und ein kleineres. Und dann erzählte er mir noch etwas von einem Schleimer namens Uli Müller, der sich gerade anschickt, Gipsermeister zu werden! Dieser Müller kam erst einige Zeit später aus dem Rohbau.«

»Na und? Den Meister zu machen ist doch nichts Ehrenrühriges. Und vielleicht hatte er noch irgendwo im Bau gearbeitet«, entgegnete Glopper.

»Walter, Sie brauchen wirklich bloß eins und eins zusammenzählen! Müller ist der gedungene Mörder von Schöller. Er hat im Auftrag des Grafen gehandelt!«

»Alles klar, Chef! Als nächstes werde ich mich wohl um Graf Eberhard von Burgfelsen kümmern?«

»Fahren Sie los!« ermunterte Bärwald seinen Assistenten.

»Was, heute noch, mitten in der Nacht?«

»Wollen Sie bis morgen warten?«

Glopper warf einen kurzen Blick auf seine Armbanduhr: Es war zwanzig vor zwölf. »Nee, Sonntag muß ich zu meinen Eltern. Es gibt gemischten Braten mit Kartoffelsalat und Spätzle. Das ist mein Lieblingsessen, das laß ich mir nicht entgehen«, sagte er und schnappte sich den Schlüssel von Charlys Motorrad.

»Na also«, lachte Bärwald zufrieden, griff zum Telefon und ordnete die sofortige Vorführung von Uli Müller an.

Als dieser wenig später in sein Büro gebracht wurde, sagte Bärwald ihm ohne Umschweife seinen Verdacht. Natürlich stritt Müller zunächst alles ab. Doch dann verwickelte er sich in Widersprüche. Bärwald nahm ihn hart ran, und gegen fünf Uhr in der Frühe unterschrieb Müller sein Geständnis.

Samstag nachmittag rief Glopper von Sylt aus an und teilte ihm mit, daß der »Adel«, wie sein Assistent sich auszudrücken pflegte, sich schon auf dem Weg zu ihm befinde. Die Kollegen auf Sylt hätten tatkräftige Amtshilfe geleistet.

Zufrieden legte Bärwald auf.

»Du sollst nicht begehren deines Nächsten Weib«, murmelte er vor sich hin und fügte seufzend hinzu: »Ewig die alten Geschichten! Von David bis heute hat sich in den Köpfen der Menschen nichts verändert. Schade.«